AF191881

F.U. Ricardo

Geld stinkt nicht! Oder doch?

F. U. Ricardo

Geld stinkt nicht!

Oder doch?

Ricardo, F.U.
Geld stinkt nicht! Oder doch?
– 1. Aufl. – 2011
Herstellung und Verlag:
Books on Demand GmbH, Norderstedt (www.bod.de)
ISBN: 978-3-8423-4833-2

Umschlagbild: © British Museum

„Pecunia non olet" – Geld stinkt nicht! Dieser berühmte Ausspruch wird dem römischen Kaiser Vespasian zugeschrieben.

Schon im alten Rom wurde insbesondere gefaulter Urin als Mittel zur Ledergerbung eingesetzt. So wurden an belebten Strassen in Rom Latrinen aufgestellt, um dort den Urin einzusammeln, der von Gerbern benötig wurde. Man stelle sich dies heute mal vor!

Vespasian traf bei seinem Amtsantritt leere Staatskassen an. Also gab es dies schon damals! Er erhob darum eine sogenannte Latrinensteuer. Er habe seinem Sohn die Einnahmen aus dieser Steuer unter die Nase gehalten und gefragt, ob ihn der Geruch störe. Als dieser verneinte, meinte der Vater: „Und doch kommt es vom Urin!"

Heute noch werden in Italien öffentliche Toiletten „Vespasiani" genannt!

Hat der Kaiser damals mit dem Urin vielleicht zweimal kassiert? In den Vespasiani von damals, und dann nochmals beim Verkauf dieser „Brühe" an die Gerber? Und was war denn zu jener Zeit mit diesem „kostbaren Saft" von Pferden, Kühen und vielem anderen Getier? War dieser auch brauchbar?

Ein gewiefter Manager von heute hätte dieses Geschäft sicher noch ausgeweitet und neue Ressourcen geschaffen! Leider weist die Geschichtsschreibung der alten Römer auf diesem Gebiet doch Lücken auf. Vielleicht ist es aber besser so!

1

Andreas und seine Lebensgefährtin Maja lagen am weissen Sandstrand in Hammamet in Tunesien und langweilten sich. Eigentlich langweilten sie sich in letzter Zeit öfters, oder gar immer! Lag es an ihrer etwas eingeschlafenen Beziehung? Ihre Erinnerungen gingen etwa acht Jahre zurück, als sie als frisch Verliebte sich hier wie in einem Zauberland, ja wie im Himmel fühlten. Nun war aus diesem Himmel eine gähnende Leere geworden.

Damals, als Zwanzigjährige, voller Liebe und Leidenschaft, (oder war es *nur* Leidenschaft?) erlebten sie hier ein Paradies in schillernden Facetten. Diese pittoreske, für sie noch völlig neue und fremde Welt der Araber und Berber, das bunte Treiben voller Farben und fremdländischer Gerüche in den Souks, die heissen Nächte ihrer Zweisamkeit nahmen die zwei jungen Schweizer völlig gefangen.

„Da gehen wir immer wieder hin", meinte Andreas damals zu Maja mit strahlendem Lächeln.

Andreas erlebte durch Fleiss und Fachkompetenz einen kometenhaften Aufstieg in einer prosperierenden Bank in Zürich. Rasant steigendes Salär und Boni bescherten einen ganz neuen und anderen Lebensstandard und vor allem auch Reisen, viele zum Teil luxuriösen Reisen zu allen wichtigen Finanzplätzen der Welt.

Es begann mit Frankfurt und London und ging via New York auch nach Asien, nach Hongkong, Singapur, Bangkok, Bombay bis nach Tokio und Sydney. Maja begleitete Andreas ab und zu, aber längst nicht immer.

Schmuck, eine grosse Attikawohnung am Zürichberg mit grossartiger Sicht auf Stadt, See und Berge, Kleider aus den teuersten Boutiquen, festliche Essen in Nobelhäusern, oft als hochgeistige Konversationen eingestufte endlose Abende in den doch immer gleichen und hochmütigen sogenannten gehobenen Kreisen, das war anfänglich alles wie ein Traum, aber mit der Zeit doch auch langweilig. Es füllte Majas Leben nicht mehr aus und befriedigte ihren Geist nicht. Auch schlief die Erotik praktisch ein. Ebenso der Wunsch nach Heirat und Kindern.

Sie selbst fand mit der Zeit nur noch eine gewisse Befriedigung in ihrer anspruchsvollen Arbeit als Zahnarztassistentin in einer Praxis für gehobene Ansprüche. Ob hier einfach nur die Preise, das Interieur oder wirklich auch die ärztliche Kunst gehobener war als allgemein, entzog sich ihrer Kenntnis und interessierte sie auch nicht sonderlich. Wichtig war Maja ein gutes Salär und eine angenehme Arbeitsstelle.

Sie fand in letzter Zeit auch untrügliche Zeichen und Indizien, dass Andreas sie mit Frauengeschichten hinterging. Wohl kaum vor der Haustüre in Zürich, aber im fernen Asien gibt es verführerische Wesen, die einen reichen Banker aus Switzerland bestimmt anhimmelten. Und welchem Mann beziehungsweise seinem Ego tut das nicht gut?

„Soll ich mich rächen und revanchieren" fragte sie sich. „Soll ich ihn sogar verlassen?" Eine klare und definitive Antwort auf solche Fragen fand sie einfach nicht, obschon sie merkte, dass sie aneinander vorbei lebten und unweigerlich auf eine Katastrophe in ihrer Beziehung zusteuerten.

Eigentlich war diese schon da. Darum sollte ein gemeinsamer Urlaub an ihrem einstigen Traumziel in Tunesien Klarheit schaffen oder gar eine neue Chance sein.

Der Strand vom Hammamet hatte sich in diesen Jahren derart verändert wie ihre Beziehung, und zwar für die beiden ebenfalls in negativer Art und Weise. Unzählige Hotels waren aus dem Boden geschossen. Ganze „Horden" von Touristen bevölkerten und – für Andreas und Maja – verunstalteten den früher kilometerlangen wunderschönen Strand, an dem man früher stundenlang wandern und Hand in Hand den Sonnenuntergang erleben konnte. In den Bars der Hotels war der Lärmpegel bis weit in die Nacht oder in den Morgen hinein zum Teil unerträglich geworden.

Wie urgemütlich war damals ein feiner Pfefferminztee mit einem Schuss Jasmin, geschickt in winzige Gläser im hohen Bogen eingegossen, in einem maurischen Café. Heute herrschte Trubel. Musikfetzen peitschten die Nachtluft wie überall auf der Welt, wo sich die Leute durch wahnsinnige Geräuschkulissen von ihren Problemen ablenken lassen wollen. Wilhelm Pusch hatte schon recht mit seinem Spruch: „Musik wird störend oft empfunden, weil sie mit Geräusch verbunden!"

Auf die explodierenden Preise achteten sie nicht einmal, weil Geld für sie keine grosse Rolle spielte. Wie hiess es schon früher in versnobten Kreisen? „Über Geld spricht man nicht; das hat man einfach!"

„Innere Leere, Langeweile und äusserlich ein verlorenes Paradies also auch hier! Kurz, es ist einfach zum Kotzen!"

Dies sagten die beiden nicht zueinander, aber dies dachte Maja und selbst Andreas empfand ähnlich. Oder war er in Gedanken schon wieder bei den nächsten grossen Transaktionen, und dies trotz momentaner Finanz- und Währungskrise?

2

„Es ist einfach nicht mehr wie einst!", brummte Andreas zu Maja mit verdriesslichem Gesicht.

„Meinst du den Ort hier oder sogar uns selbst?", gab Maja ziemlich bissig zurück.

„Vielleicht beides!", murrte Andreas weiter. „Wir haben inzwischen zu viele schöne und berühmte Orte gesehen und sind uns gleichzeitig auch etwas entfremdet! Ich hoffe sehr, dass wir uns hier wieder finden!"

„Aber hier gibt es für dich leider keine bildhübschen Asiatinnen! Versuch es mal mit feurigen Berberfrauen oder gar mit liebestollen Russinnen, die sich hier ebenso langweilen wie du!", erwiderte Maja giftig.

„Aha, du und deine blödsinnige Eifersucht! Eine wirklich grossartiger Basis, dass wir uns hier wieder finden können!", murrte Andreas.

„Ich finde *mich* hier vielleicht wieder und sehe eine neue Zukunft!", konterte Maja.

„Eine Zukunft mit dem eleganten Ober, den du anhimmelst? Vermutlich ist er in der Nebensaison Kameltreiber in der Wüste!"

„Ach sieh mal, mein Herr Lebensgefährte spielt also auch den Eifersüchtigen! Das wäre zum Lachen, wenn es nicht zum Heulen wäre! Trotzdem: Es ehrt mich doch noch ein wenig, oder dann ist es Schadenfreude, dass dich meine kleinen Provokationen getroffen haben.

Mein Entschluss steht nun aber endgültig fest: Ich werde noch heute nach Tunis abreisen und nach meiner Heimreise meine Sachen aus unserer, pardon, aus deiner Wohnung holen. Unsere Wege trennen sich! Das bisherige Erleben, auch hier, macht meinen Entschluss endgültig!"

„Und? Von was willst du leben? Etwa von deinem Beruf als Hilfskraft beim Nobeldentisten? Ich kann unsere Kreditkarten und Konten sperren lassen, dann hast du nicht mal mehr Geld, um nach Zürich zu fliegen!"

„Wie heisst doch einer deiner berühmten Wahlsprüche?", konterte Maja. „Über Geld spricht man nicht, das hat man! Glaubst denn du im Ernst, ich hätte nicht auch noch ein paar Kröten auf irgendeinem dir unbekannten Konto? Und das, nach acht Jahren an der Seite eines grossen Bankers? Für wie dumm hältst du mich eigentlich?

Dass du meinen Beruf noch derart gering einschätzt und dass das kleine Dummchen davon nicht leben kann, zeigt mir deutlich deine Arroganz und die unausstehliche Schnoddrigkeit deines Denkens. Immerhin: Zahnschmerzen haben viele Leute ab und zu. Aber gegen eure Schmerzen infolge blödsinnigen und grössenwahnsinnigen Geschäftspraktiken gibt es keine Tabletten und Pillen. Ich habe von dir genug auch zur Genüge einen anderen berühmten Spruch gehört, angeblich nach einem römischen Kaiser: ‚Geld stinkt nicht!' Und ich sage dir: Es stinkt manchmal doch, und zwar gewaltig. Vor allem auch bei deinen finanziellen Machenschaften, von denen ich einiges weiss!"

Bewusst lässig, aber innerlich zitternd, raffte Maja ihre Badetasche mit den wenigen Habseligkeiten, die man am Strand mitführt, zusammen und schritt nahezu majestätisch, aber mit doch etwas schwabbeligen Beinen zum Hotel zurück.

„So kenne ich dich ja gar nicht", stotterte Andreas nun doch etwas erschrocken und blieb mit offenem Mund im weissen Sand liegen.

„Du wirst mich aber noch kennen lernen, vor allem, wenn du Schwierigkeiten machst!", schleuderte Maja dem erstaunlicherweise total verdutzten Andreas ins Gesicht.

„In einer Stunde ist sie wieder zurück am Strand und fragt kleinlaut, ob wir was essen wollen", beruhigte sich Andreas. Aber einen solchen Auftritt hatte er von seiner Maja noch nie erlebt. Er war wirklich erstaunt und fragte sich, ob dies der Anfang vom Ende war.

„Kommt bald einmal ein neuer Lebensabschnitt auf mich zu? Ich werde diesen schon meistern?"

Als nach gut zwei Stunden Andreas nun doch total verwirrt und in Gedanken ebenfalls zu ihrem Appartement zurückschlenderte, war doch tatsächlich Maja bereits abgereist. „Soll man einer die Weiber verstehen", tröstete er sich später bei unzähligen Drinks an der Bar. Aber im Innern wusste er doch genau, dass dieser Gedanke nur ein fadenscheiniger Schutzwall war, mit dem er sich umgab. Dieser Wall war sehr brüchig und im nüchternden Zustand gar nicht mehr existent.

3

Tunis selbst ist zwar nicht ein so bekannter Badeort wie Hammamet, Sousse oder gar die Insel Djerba. Aber hier, in dieser Zwei-Millionen-Metropole, der ältesten Stadt am Mittelmeer, gibt es einige Luxushotels. Sogar ein wunderschönes Haus der Kette „The Leading Hotels of the World" lockt. Das wie ein orientalisches Märchen erbaute „The Residence" liegt direkt an einem traumhaften Strand.

Trotzdem fand Maja Flückiger kaum Zeit, die Architektur dieses palastähnlichen Hauses, den Strand, ihr wunderschönes Zimmer und die verschiedenen Restaurants zu geniessen. Sie dachte angestrengt nach wie für sie die Zukunft aussehen würde, wenn sie sich nach acht Jahren von ihrem Andreas Kellenberger trennen würde.

Die Liebe, wenn es diese überhaupt je wirklich gab, die Zuneigung, die Leidenschaft, die interessanten Gespräche, die gemeinsamen Interessen, vor allem auch das herzliche Lachen: Alles war erloschen. „Sind acht Jahre meines Lebens verpfuscht?", fragte sich Maja. „So krass kann man dies nicht definieren!

Nur hätte ich früher aufwachen und mit dem Träumen aufhören sollen.

Und das Traurige, aber Wahre ist: Ich muss mich finanziell noch besser absichern. Ich *hatte* Geld, viel Geld! Und darüber musste ich wirklich nie sprechen. Aber jetzt beginnt auch für mich ein gewisser Existenzkampf. Vielleicht ist das sogar gut so!"

Zunächst wollte Maja das meiste ihres sündhaft teuren Schmuckes veräussern. „Was nützen all die Klunker, die man aus Angst vor Diebstahl doch nie trägt? Aber jetzt, in der Krise, wer kauft denn Schmuck? Halt, da las ich doch kürzlich, dass wegen der Schwarzkonten vieler Deutscher in der Schweiz und den ominösen CDs mit gestohlenen Konto- und Bankdaten, die sogar von Regierungsseite in Deutschland für Millionen gekauft wurden, die Juweliere in Zürich Umsatz machen wie noch nie!

Es werden also vermutlich Hunderte von Millionen in Steinchen angelegt. Und zudem zahlt man für Gold absolute Höchstpreise! Mal gucken was sich hier machen lässt."

Sie besass auch noch auf zwei Konten etwa zweihunderttausend Schweizer Franken. „Der Erlös aus meinem Schmuck könnte nochmals Hunderttausend bringen", überlegte Maja. Zudem würde sie Andreas soweit bedrängen mit ihrem zwar gar nicht so grossen Insiderwissen über einige Geschäfte, dass er ihr sozusagen als „Abgangsentschädigung" die Ferienwohnung am Lago di Lugano überschrieb. „Somit wäre ich für lange Zeit aus der Klemme!"

„Also, jetzt mit der nächstmöglichen Maschine zurück nach Zürich und vor dem Eintreffen Andreas in dessen Wohnung das mir Gehörende wegschaffen. Zum Glück habe ich eine Kreditkarte für meine Konten dabei. Und dann will ich vorerst zurück zu meinen Eltern, die diese Verbindung nie gutgeheissen haben.

Dort kann ich, vielleicht mit deren Unterstützung, weitere Schritte planen. Aus Liebe wird kaum Gleichgültigkeit! Es kann sehr schnell Hass entstehen, darum tut Eile not! Hasse *ich* eigentlich Andreas? Nein, nicht! Vielleicht *noch* nicht!"

Maja hatte Glück. In einer Maschine der Tunis-Air flog sie am nächsten Tag zurück in die Schweiz.

4

Die Eltern staunten nicht schlecht, als ihre einzige Tochter Maja so plötzlich an ihrer Haustüre stand. Wie aus der Pistole geschossen kam die Frage aus beider Mund: „Maja, habt ihr Streit miteinander?"

„Nein", meinte Maja etwas trotzig, aber auch verlegen. Welche bald achtundzwanzigjährige Frau gibt gerne zu, dass die Eltern mit ihren Vorbehalten doch Recht behielten. Wenn sich für viele Kinder allzu verstaubte Ansichten der alten Generation doch bewahrheiten, ist das nahezu eine Art Demütigung.

„Wir hatten wenigstens bis jetzt keinen scheusslichen Streit. Das wäre vielleicht besser gewesen, um den Frust abzubauen. Aber es ist aus! Ich ziehe die Konsequenzen und verlasse Andreas. Keine Sorge, ich werde euch nicht allzu lange zur Last fallen!"

„Kind, du fällst uns doch nie zur Last. Sag uns, wie wir dir helfen können. Wir sind immer für dich da!"

Das waren genau die Worte, die Maja befürchtete. Erstens wurde sie immer wütend über das Wort „Kind". Ja, sicher, sie war ihr Kind, ihr ein und alles! Aber die Eltern wollten einfach nicht wahrhaben, dass sie inzwischen eine selbständig denkende und lebende Frau war. Und helfen wollte sie sich selbst. Die allseitig angebotene Hilfe ging ihr ebenfalls etwas auf den Wecker!

„Aber eigentlich bin ich doch eine Idiotin! Vielleicht werde ich eines Tages noch sehr dankbar sein für diese Hilfe. Ich bin einfach zu gereizt!" Darum stammelte sie etwas widerwillig und mit zwiespältigen Gefühlen: „Danke, Mama und Paps!"

Als Andreas relativ kurz danach in seiner Prachtwohnung in Zürich auftauchte, war nebst einigen sehr persönlichen Sachen Majas, wie wertlose aber auch wertvolle Bilder, ihre Lieblingsbücher und vor allem ihre teure Garderobe auch ihr ganzer Schmuck weg. Sonst fehlte seines Wissens nichts. Aber dies alles war ihm im Moment sehr gleichgültig.

Hingegen war er sehr wütend auf Maja und auch auf sich selbst. Eine solche Demütigung hatte er einfach noch nie erlebt und verletzte ihn zutiefst. Dazu wusste er haargenau, dass weder auf persönlicher Ebene noch auf dem Gesetzesweg er irgendetwas ausrichten konnte. „Also muss ich mit List oder einer Finte operieren, aber wie?", fragte er sich hundert oder mehr Mal, zuletzt mit einem Kopf, der zu zerplatzen drohte vor lauter Grübeln, Alkohol und Zigaretten.

„Ich muss versuchen, den Canossa-Gang anzutreten! Ich muss zu Kreuze kriechen. Klamauk im persönlichen Umfeld ist einer weiteren Karriere nicht förderlich, wenn dies heutzutage auch bald mal in fünfzig Prozent der Beziehungen vorkommt! Und eigentlich liebe ich Maja doch. Oder ist es einfach Gewohnheit? Ach zum Teufel, das wäre ja gelacht, wenn wir das nicht mehr hinkriegen"

Andreas sah schon das hämische Grinsen seiner Konkurrenten auf dem Weg nach ganz oben. So etwas kann höllisch weh tun und demütigen. „Aber wie beginnen? Natürlich mit einer herzlich tönenden Entschuldigung. Rosen, Orchideen und Einladung zum festlichen Dinner, das sind wirklich zu plumpe Dinge! Aber was ist mit Finanzen? Ich sehe doch täglich, dass alles und alle käuflich sind, denn wirklich: Geld stinkt nicht!

Irgendwann wird Maja blank dastehen, und vielleicht fürchtet sie sich doch davor! Allerdings kann man mit Geld vor allem zwei Dinge nicht kaufen: Wahre Liebe und Gesundheit. Und genau dies bringt eigentlich das echte Lebensgefühl und Erfüllung. Ich bin doch manchmal ein Idiot!"

„Liebe ich sie eigentlich wirklich noch? Habe ich Maja wirklich je innig geliebt? Sie ist einfach eine glänzende Erscheinung, ein Prachtweib voll erotischer Ausstrahlung und einer unnachahmlichen Eleganz, so richtig zum Vorzeigen und um die anderen neidig werden zu lassen. Ihre Konversation war immer geistreich und amüsant zugleich. Es war für mich ein Genuss, die begehrlichen Blicke der Kollegen zu sehen!"

Noch bevor Andreas einen Schachzug in Richtung Majas Rückeroberung ausgedacht hatte, der aber elegant und nicht plump wirken sollte, erreichte ihn ein Einschreiben von einem ihm persönlich unbekannten, aber offenbar gewieften Anwalt. Sein Inhalt: Die Forderung seiner Mandantin Maja Flückiger, ihr sozusagen als Schmerzensgeld und Wiedergutmachung für erlittene seelische Grausamkeit die Wohnung in Lugano als Geschenk zu überschreiben. Ansonst würde eine Gerichtsverhandlung angestrebt, in der gemäss Aussage seiner Mandantin pikante Details ans Licht gebracht werden könnten oder gar müssten.

„Verflucht noch mal, soll dieses Biest doch diese Wohnung erhalten. Wie viel waren wir eigentlich in den letzten paar Jahren dort unten im Urlaub? Zwei- oder dreimal einige wenige Tage! Sonst steht das Objekt leer. Also eine Kapitalanlage ist die Wohnung nicht, denn im Südtessin purzeln die Preise für Immobilien. Zwar nicht wie in Spanien, aber immerhin. Vielleicht kann Maja nicht mal den Hypothekarzins und die erklecklichen Nebenkosten bezahlen und muss bald verkaufen. Aber will sie das gerade, um Bargeld zu haben?

Doch mein Engelchen und Teufelchen, ich garantiere dir, ich werde auf andere Weise zurückschiessen.

Einen Andreas Kellenberger behandelt man nicht wie einen dummen Jungen, auch wenn dieser Junge sie auch oft mit anderen Frauen betrogen hat.

Ich will mal durch einen Privatdetektiv Nachforschungen anstellen, ob sie auf diesem oder anderem Gebiet nicht auch einiges auf dem Kerbholz hat. Ich war ja oft geschäftlich eine Woche und mehr weg!"

5

Es war schon ekelhaft, zu bemerken, wie hinter dem Rücken von Andreas leise gelächelt, gespottet und gewitzelt, ihm aber freundlich ins Gesicht gefragt wurde: „Hoffentlich erlebten Sie einen schönen Urlaub, Herr Kellenberger!"

Wie ist doch Schadenfreude für manche die grösste Freude. Und wie ist doch die Welt oft ein Dorf! „Woher wissen denn alle diese Kanaillen, dass Maja von mir weggelaufen ist? Hat diese selbst ihr Gift hier verspritzt, um meinem Ansehen zu schaden?" Fragen, die wohl nie beantwortet wurden.

Wenigstens zwei weibliche Angestellte zeigten echtes Mitgefühl für seine Lage. Echt? Kaum! Andreas merkte schon lange, dass die beiden jungen und lebensfrohen Dinger gerne mit ihm anbandeln würden.

„Jetzt sehen diese dummen Hühner vielleicht wieder ihre Chancen!", vermutete er und wurde immer unwirscher gegen die ganze Bande hier. Wie eine Erlösung kam der plötzliche Auftrag der Generaldirektion für ihn, nach Shanghai zu einem wichtigen Termin zu reisen und ein schwebendes Geschäft zum positiven Abschluss zu bringen. Die Bank wollte unbedingt in China Fuss fassen und in Shanghai eine erste Filiale eröffnen.

Wer China kennt und die dort vorherrschenden Gepflogenheiten, selbst in geschäftlichen Dingen, der weiss, dass solche Verhandlungen, die sich im Westen in einem Tag erledigen, dort manchmal eine Woche und mehr benötigen. Unendlich wichtig ist für einen Chinesen, niemals das „Gesicht zu verlieren"!

So bot Andreas in Zeitnot die Hand zur Übertragung seiner Wohnung in Lugano an Maja. Das Geschäft in China würde ihm vermutlich mehr „indirekten" Gewinn bringen, als diese kleine Liegenschaft am Lago di Lugano für ihn wert war. Sein Anwalt sollte alles regeln, weil sein Abflug bereits am übernächsten Tag erfolgen sollte. Sein geplantes „Zurückschiessen" musste also noch warten.

Wer weiss, bei den schlauen Chinesen kamen ihm dazu vielleicht sogar die rechten Ideen. „Rache nehmen mit freundlich lächelndem und doch undurchsichtigem Gesicht wie viele Asiaten, das muss sicher ein Hochgefühl sein!"

So überdachte Andreas beim langen Flug nach Shanghai seine private Misere.

Es wäre vermutlich gescheiter gewesen, sich eingehend mit der Materie seines Deals zu befassen, denn auch Chinesen profitieren von der Zeitverschiebung ihrer Gesprächspartner, um diese besser „über den Tisch ziehen" zu können, wenn das Gehirn noch etwas vom Jetlag umnebelt ist und blitzschnelle Reaktionen Mangelware werden.

Inzwischen war Maja echt überrascht, als sie per Schnellpost vom Anwalt Andreas die Schenkungsverfügung der Wohnung im Tessin erhielt und die Nachricht, dass dieser einen Termin für die Übertragung im Grundbuchamt vermitteln werde. „So kenne ich Andreas nicht!", grübelte sie. „Einfach kampflos auf etwa 200'000 Franken Vermögen zu verzichten, die nach Abzug der kleinen Hypothek schätzungsweise herausschauen."

Irgendetwas ist faul an dieser Sache. Ist es die Angst, dass ich meine Drohung wahrmachen könnte und Interna ausplaudere? So gross ist mein Insider-Wissen nun auch wieder nicht. Oder ist eine neue Teufelei dahinter? Alles Fragen, die sich mit der Zeit vermutlich von selbst beantworten werden!"

Innerhalb wenigen Tagen war dieser Besitz auf Maja übertragen. Sie gab auch gleich einem Tessiner Immobilienmakler den Auftrag, die Wohnung zum bestmöglichen Preis zu verkaufen. Obschon diese an wirklich traumhafter Lage stand, hatte sie nie eine wirkliche Beziehung zu dem Objekt, geschweige denn eine Verliebtheit empfunden.

Es kam aber noch besser. Maja wusste um die sinkenden Preise für Ferienwohnungen, weil einfach ein Überangebot auf dem Markt vorherrschte. Trotzdem versuchte sie mit einem kleinen Inserat in den „Stuttgarter Nachrichten" und der führenden Zeitung in Milano ihr Glück. Aus jenen Zentren kann man jederzeit auch mit dem Auto anreisen, wenn man Lust für ein schönes verlängertes Wochenende spürt. Innerhalb der nächsten drei Wochen war die Wohnung verkauft an einen wohlhabenden Rentner aus Württemberg.

„Nun kann mich Andreas hier schon einmal nicht mehr ‚überfallen', denn er besitzt ja noch Schlüssel zu diesem Appartement", meinte Maja mit einem kleinen, aber triumphierenden Lächeln zu sich selbst. Der nächste Schritt war der Kauf einer wirklich auch hübschen Zweizimmerwohnung in der Rosenstadt Rapperswil am oberen Zürichsee. Warum denn dort?

Sie fand in Rapperswil sehr schnell eine Anstellung in der Zahnarztpraxis von Dr. med. dent. Alois Gerber, ein geschiedener Vierziger, der fast besser aussah als George Clooney. Maja wurde dort eine Art „Mädchen für alles".

Alles? Ja, denn sehr bald entpuppte sich der Schönling von Doktor als eine intensiver und äusserst galanter Versucher und Eroberer, denn Maja war halt wirklich ein begehrenswertes Wesen.

„Verliebe ich mich bereits wieder wie ein Teenager", fragte sie sich. „Hoffentlich komme ich nicht vom Regen in die Traufe! Denn manche Menschen haben zwei, manchmal drei Gesichter und verwandeln sich wie ein Chamäleon.

Nun, mal ein bisschen spielen und sich damit ablenken, ist allemal ein Versuch wert. Ich vergesse und verdaue dabei sicher die letzten Jahre besser!"

6

Andreas flüchtete sich in Shanghai in die Arbeit und in den Suff in einsamen Nächten. Die meist „gratis" zu solchen Nächten begleitende und von der Firma gestellte chinesische Schönheit, der man am andern morgen einen Hundertdollarschein zwischen die Brüste steckte, eigentlich für nicht benötigte und erbrachte „Dienste", ging dann mit einem geheimnisvollen und nahezu unsichtbaren asiatischen Lächeln über die blöden Westler wieder ihres Weges.

Denn mit weiteren hundert Dollar in der Tasche kann man zwar in Shanghai nicht mehr viel bewirken, hingegen aber in einer unbekannten kleineren Provinzstadt, einige hundert Kilometer entfernt, mit gut einer Million oder mehr Einwohnern, deren Name man aber in China, geschweige denn in der weiten Welt kaum jemand kennt, sind auch heute noch hundert Dollar viel Geld.

Andreas bewirkte für seine Bank in Bezug auf die Mitfinanzierung eines weiteren umstrittenen Staudammes in China, der für die Knappheit an Strom eine weitere Entlastung bringen sollte, einen nur mässigen Achtungserfolg. „Hier liegt der grosse

Markt für die Zukunft – und Geld stinkt bekanntlich nicht!", meinte er zu etlichen Kollegen anderer Grossbanken beim ihm nicht sonderlich schmeckenden chinesischen Abendessen, doch mit spektakulärem Blick über das nächtliche Shanghai.

Genau in diesen Augenblicken wurde in seine Hotelsuite eingebrochen und alles durchwühlt. Es fehlten nach eingehender Prüfung einige wichtige Papiere. Auch an seinem Laptop hatte man herumgebastelt, aber vermutlich nur wenig gefunden. Andreas beschloss daher, die Polizei einzuschalten.

Chinesische Polizei beim Untersuchen eines bestohlenen westlichen Bankers? Leute, das ist ja geradezu, als wenn die Mafia den Vatikan um offizielle Mitarbeit bei der Aufklärung eines Mordfalles in Palermo bittet! Jedenfalls: Die Untersuchungen ergaben nichts, rein gar nichts!

Hinzu kam für Andreas Bank nach zähem Ringen noch die vorläufige sehr höfliche Absage der Chinesen, eine Filiale in Shanghai zu errichten. Vermutlich steckten seine Verhandlungspartner hinter dem Einbruch, denn in seinem Computer waren vielleicht doch betreffend China-Geschäft einige wichtige Informationen zu erfahren.

In seiner Wut und nach einem geharnischten Rüffel seiner Bank beschloss Andreas, sich wieder mal tüchtig zu besaufen, und zwar in einer Kaschemme, die man in solcher Art vermutlich nur in China findet. „Die Heimreise wird für mich so trist, dass ich diese nur mit benebeltem Kopf überstehe!", sagte er sich auf der Suche nach einer solchen Kneipe.

Die Spelunke hatte es wirklich in sich. Nicht einfach nur ziemlich ausgemergelte chinesische Opiumgestalten sassen da mit stumpfem und abwesendem Blick ins Nichts, sondern vor allem auch manche ziemlich westlich anmutende Gestalten, die hier den tieferen Sinn oder Unsinn des Daseins zu erforschen versuchten.

Andreas wurde in einem lispelnden Englisch, gepaart mit vielen Verbeugungen und begleitet von kalten und unergründlichen Schlangenaugen, in einen auf den ersten Blick üppigen, aber eigentlich doch billig-kitschigen Raum komplimentiert. Zwei westliche Geschäftsleute, die aber schon high waren, starrten ihn umnebelt an. Ein undefinierbarer und süsslicher, aber ekliger Geruch lag in der Luft. Sofort wurde ihm Tee serviert.

Das süsse, aber scheusslich schmeckende Gesöff umschloss sein Gehirn innert weniger Minuten wie mit Eisenklammern. Er dachte noch, ob diese Räuberhöhle wohl den berüchtigten Triaden gehörte.

Dann schwanden ihm die Sinne, und es wurde schwarze Nacht.

7

Er erwachte mit fürchterlichen Kopfschmerzen und lag in einem stinkenden Hinterhof, in dem haufenweise Essensreste verfaulten, nahezu ohne Erinnerung. Krampfhaft versuchte Andreas sich zu konzentrieren. Bruchstückhaft rekonstruierte sein hämmerndes Gehirn die letzten Eindrücke. Als er auf seine teure Rolex schauen wollte, um wenigstens einigermassen die Zeit zu erahnen, bemerkte er, dass das edle Stück weg war. „Verdammt, vermutlich gestohlen!" Allein dieser kurze klare Gedanke verursachte wieder eine neue Schmerzwelle. Trotzdem ging sein trübes Forschen weiter.

„Also auch Geldbörse, Pass, Handy, ja sogar das kleine Taschenmesser sind weg. Mein Gott, wie soll ich da zum Hotel zurück und vor allem nach Hause kommen?"

Allmählich lichteten sich Andreas Gedankengänge, er rappelte sich aus den Abfällen mühsam auf, gab einer fetten Ratte noch einen heftigen Tritt und wäre dabei nahezu wieder hingefallen.

„Nicht die ekligen Ratten sind hier an der ganzen Misere schuld, sondern noch viel ekligere Menschen. Ich bin aber auch selber schuld, denn man geht nicht in eine solche Räuberhöhle, um zu vergessen. Ob es hier in Shanghai ein Schweizer Konsulat gibt? Muss es doch in einer Stadt mit zwanzig Millionen Menschen!

„Aber ich trage doch den Gürtel noch, in dem einige Dollar und Euro stecken für Notfälle. Offensichtlich waren die Räuber doch keine ausgekochten Profis, sonst wüssten sie um derlei Verstecke!" Mühsam schleppte sich Andreas durch schlecht beleuchtete Strassen, bis er schliesslich ein Taxi anhalten konnte, das ihn zurück ins Hotel brachte. Der distinguierte Mann an der Rezeption rümpfte zunächst die Nase und wollte diesen Kerl hinausbefördern lassen, bis er ihn erkannte.

„Mein Herr, was ist denn Ihnen zugestossen? Kann ich Ihnen helfen?"

„Ja, gibt es in Shanghai ein Konsulat der Schweiz?"

„Natürlich! Warten Sie eine Sekunde." Nach ein paar Tastendrücken im PC meinte der Mann schliesslich: „Soll Sie der Hotelservice hinbringen, nachdem Sie sich frisch gemacht haben? Das Generalkonsulat von Switzerland befindet sich bei dem Far East International Plaza. Aber um diese Uhrzeit haben sie bestimmt nicht geöffnet. Dürfen wir für Sie einen Termin vereinbaren?"

„Ja, und bitte den Zimmerschlüssel“, kam es stotternd über die Lippen von Andreas. Irgendwie schämte er sich. Zum andern stieg eine Stinkwut in ihm auf.

„Haben Sie denn keine Karte mehr, Sir? Wir haben keine Schlüssel, sondern auf Karten mit Chips umgestellt. Ohne diese kommen Sie ja nicht mal mit dem Lift rauf!“

„Ich habe sie verloren. Geben Sie mir eine neue für meine Suite!“

„Das dauert aber ein paar Minuten!“

„Ich warte“, schnaubte Andreas und bemerkte, dass die Hotelgäste um ihn einen Bogen machten und ihn argwöhnisch beäugten.

„Vermutlich stinke ich wie ein Schwein. Aber eigentlich stinkt wohl das Geld zum Himmel, das ich hier für meine Bank verloren habe. Von wegen der blöde Spruch des alten römischen Kaisers, dass Geld nicht stinkt. Der war halt nie in China!“

Nach einer ausgiebigen Dusche und einer weiteren Freizeit-Kluft aus seinem Koffer fragte sich Andreas, wie er nun die Hotel-Rechnung bezahlen sollte. Die paar Kröten aus seinem Gürtel reichten nicht mal für die Konsumationen aus der Minibar. „Ich muss das Konsulat um finanzielle Hilfe bitten; oder dann auf eine Banküberweisung aus Zürich warten. Aber mein Flug geht morgen Abend, verflucht noch mal!"

8

Das Generalkonsulat der Schweiz in Shanghai war vermutlich an dem Tag überlaufen und überfordert. Jedenfalls musste Andreas lange warten, bis ein Gesprächspartner für ihn Zeit hatte. Er wurde immer nervöser und zappeliger. Keine gute Voraussetzung für sein Anliegen.

Endlich war es soweit. Auf die höfliche aber eigentlich uninteressierte Frage des Mitarbeiters erzählte er kurz sein Missgeschick, natürlich unter Weglassung einschlägiger Dinge wie Besuch der Kaschemme und so weiter, verbunden mit der Bitte um einen Notpass und finanzielle Hilfe. Nun, ein Notpass war kein grosses Problem. Beim Geld hingegen hört der Spass auf.

„Da müssen wir zunächst mit Ihrer Bank in Zürich Rücksprache nehmen, damit diese für den Betrag aufkommt."

„Hören Sie, ich fliege heute Abend noch nach Zürich zurück. Also: Es eilt sehr!"

„Oh, Flüge kann man verschieben!"

„Ich weiss das zufällig. Aber auch das ist mit Kosten verbunden. Zudem kommen dann in meinem Hotel zusätzliche Tage und Nächte hinzu!", erwiderte Andreas richtiggehend wütend.

So eine Behandlung hatte er noch nie erlebt. Die Explosion war vorhersehbar, denn der Konsulatsangestellte hatte nun die Stirn, ihn zu ersuchen, von der Suite in ein einfaches Zimmer zu wechseln.

„Hören Sie, Sie Würstchen, von Ihnen lasse ich mir nicht vorschreiben, wie ich logiere", donnerte Andreas den Mann an, der sich daraufhin ohne ein Wort zurückzog und den Tobenden wieder eine halbe Stunde warten liess.

Ob er wollte oder nicht, er war in einer Notlage und musste sich abkühlen. Darum meinte er in versöhnlicherem Ton zu einem anderen Mitarbeiter, der ihn mit kühler Distanz aufsuchte: „Hören Sie, ich hätte mit meiner Bank auch direkt Kontakt aufnehmen können wegen meiner misslichen finanziellen Situation, wollte dies aber aus gegebenem Anlass vorerst vermeiden."

„Herr Kellenberger, wir haben inzwischen mit Ihrer Bank gesprochen. Diese hat zugesagt, alle Kosten zu decken. Der Notpass ist in Arbeit; wir brauchen nur noch ein Foto und Ihre Angaben dafür. Der Chef Ihrer Bank in Zürich meint allerdings, sie sollen heute Abend Eco-Class fliegen, da Ihr Business-Platz gemäss Fluggesellschaft leider anderweitig besetzt wurde. Übrigens: Die Rechnung vom Hotel kann uns direkt zugestellt werden, da Ihre Bank ja in Shanghai noch keine Niederlassung besitzt."

„Aber andere Banken, zum Teufel!", erwiderte Andreas, wieder heftig und wütend werdend. Dass die Konsulatskerle hier alle seine Minibar-Auslagen sahen und darüber noch Witze reissen würden, ärgerte in masslos. Dass er aber sogar Eco fliegen sollte, kratzte an seinem Ego.

Entsprechend war wohl dann auch die Fratze, die er auf dem Passbild schnitt.

9

Maja Flückiger blühte auf wie eine Rose, und das in der Rosenstadt Rapperswil. Sie ass mit ihrem Arbeitgeber und Traummann, dem Zahnarzt Alois Gerber, der einfach verblüffend George Clooney glich, im ersten Haus am Platz, auf der Sonnenterrasse des Hotels Schwanen einen sagenhaften Wiener Tafelspitz.

„Sogar das Sacher in Wien sollte mal hierher kommen, um zu kosten. Es kann dort nicht besser schmecken!", schwärmte sie. „Und dazu die Lage hier am idyllischen Hafen mit Blick auf den See, einfach grossartig!"

„Wenn man bedenkt, dass sich vor einigen hundert Jahren die Zürcher und die Rapperswiler auf diesem See um die Vorherrschaft noch bekriegt haben", warf Doktor Gerber ein und schalt sich sogleich einen Trottel, denn mit solchen martialischen Gedanken versaute er vielleicht die ganze Stimmung. Darum ergänzte er sofort: „Wie friedlich und schön ist doch heute unser Leben."

„Wenn gewisse Leute könnten wie sie wollten, so herrschte wohl heute noch Krieg", grübelte Maja.

Dr. Gerber versuchte krampfhaft, das Gespräch auf eine andere, friedlichere Ebene zu lenken, denn seine Pläne mit Maja sollten beide in seine Wohnung und vielleicht sogar in sein Bett führen. „Angriff ist die beste Verteidigung", dachte er blitzschnell und fragte mit freundlichstem und strahlendem Lächeln: „Darf ich Ihnen, meiner wertvollen Mitarbeiterin, das Du anbieten?"

Maja war überrascht. Nein, nicht schockiert. Sie hatte eigentlich schon einige Zeit auf diese oder andere Weise auf eine Annäherung gewartet. Mit warmem Lächeln erwiderte sie: „Ist mir eine Freude und Ehre!"

„Wollen wir darauf oder besser gesagt dafür ein Gläschen Champagner bei mir zu Hause trinken?"

„Gerne!" Majas Nerven flatterten und die Hormone spielten verrückt. Schliesslich hatte sie seit langer Zeit keine sexuellen Erlebnisse mehr. „Hoffentlich merkt dies Alois nicht", dachte sie etwas besorgt und realisierte gar nicht, dass sie ihn in Gedanken schon duzte.

10

Obschon mit Notpass ausgerüstet und bis zur Pass-
kontrolle von einem Mitarbeiter des Konsulats begleitet, obschon sich die Direktion des Hotels betreffend der Rechnung mit dem Konsulatsbeamten und
sogar mit der Bank in Zürich einigen konnte, stieg
Andreas aufgebracht in das Flugzeug und zwängte
sich in den seiner Ansicht nach viel zu engen Eco-
Class-Sitz.

Wütend wurde er noch richtiggehend, als er seinen
ursprünglichen Platz in der Business-Klasse leer
vorfand, die Stewardess ihn aber dort nicht duldete.

„Solche Strafaktionen sind einfach reine Schikane,
und ich werde meiner Firma darüber einen Vortrag
halten. Zunächst muss ich aber den Flug – hoffentlich schlafend – überstehen. Soviel Wodka haben sie
aber kaum in der Eco, dass man beim verkrümmten
Sitzen überhaupt schlafen kann!"

Zu allem Übel geriet er noch an einen geschwätzi-
gen Nachbarn, der ihn mit Fragen löcherte und mit
seinen Ansichten überhäufte, bis Andreas diesem
Kotzbrocken deutlich zu verstehen gab, dass er seine

Ruhe haben wolle. Nun schmollte der Mann für ein paar Minuten und wendete sich nachher seinem Nachbarn auf der anderen Seite zu. Wirklich, nur Fliegen ist schöner!

„Wie sind doch diese Schwatzmaschinen hohl. Und wie sind die Flugbegleiterinnen schnippisch und zickig geworden", dachte Andreas in mieser Stimmung und dachte keinen Augenblick daran, dass er selbst auch ein Ekel war. Nach einer endlosen Nacht landete er voller Groll in Zürich.

„Geld stinkt oft doch", ging es ihm auf der Fahrt mit einem Taxi direkt zu seiner Wohnung durch den Kopf. Er wollte heute nicht mehr bei seiner Bank in der City vorbeischauen. „Wie die mich behandeln, das stinkt zum Himmel! Und schliesslich geht alles um Geld, Macht und Prestige!" Dass in seinem bisherigen Denken praktisch die gleichen Verhaltensmuster vorherrschten, war ihm nicht, noch nicht klar.

Kaum zu Hause klingelte das Telefon aufreizend. „Herr Kellenberger, hatten Sie einen guten Flug", flötete die Sekretärin des grossen Bosses. „Nein, einen miserablen", gab Andreas mürrisch zurück. „Was ist los?"

„Der CEO erwartet Sie morgen punkt neun Uhr zu einer Besprechung!"

„Aber gerne", konterte Andreas. „Ich habe dem Herrn einiges zu erzählen!"

„Seien Sie vorsichtig. Ich glaube, er Ihnen auch", fügte die Sekretärin leise hinzu.

Er schlief schlecht und missgelaunt – und er träumte doch tatsächlich von Maja. „Wo bist du nur? Noch in der Schweiz oder abgehauen nach Kanada oder Argentinien. Dort muss es ja viele hübsche Kerle geben. War doch eine schöne Zeit mit dir. Schade, dass alles kaputt ist!"

Als er erwachte, wusste Andreas nicht mehr so recht, was bei ihm Traum und was reales Denken war, und er schalt sich einen sentimentalen Kerl, der die realen Fakten nicht mehr sah.

11

Irgendwie war Maja Flückiger gar nicht glücklich. Sie hatte ein flaues Gefühl, nicht nur im Magen, sondern auch im Kopf. Sie fühlte sich wie ein Schulmädchen mit schlechtem Gewissen. „Bin ich eine frigide alte Jungfer geworden oder fehlen einfach die Schmetterlinge im Bauch?"

Auch der sehr gute Champagner, auch nicht die luxuriöse Wohnung des Doktors med. dent. Gerber konnten sie darüber hinwegtrösten, dass er sie vermutlich nur im Bett haben wollte, um sie nachher auf der Liste der Opfer abzuhaken. Auch sah der Mann in Unterhosen, geschweige denn ohne, nicht mehr aus wie ein Adonis.

Nach dem Liebesrausch, der keiner war, nur ein Brummen im Kopf vom Champagner, zog sich Maja etwas beschämt für einen Augenblick noch ins dortige Badezimmer zurück und entdeckte doch tatsächlich Wimperndusche, Rouge, und andere Insignien einer Frau. Sie fröstelte bei diesem Gedanken und fragte sich: „Bin ich also eine unter vielen, ein flüchtiges Abenteuer neben einer Hauptgeliebten?"

Sie fühlte sich gedemütigt, verletzt und beinahe missbraucht und stand wenig später in ihrer Wohnung fast zwanzig Minuten unter der Dusche. Aber sie hatte den Eindruck, weder heisses noch kaltes Wasser könne sie heute reinigen und erfrischen.

„Eigenartig! Warum bin ich nur so enttäuscht? Was suche und was will ich denn überhaupt?
Ich komme mir vor wie eine Idiotin und werde wohl meine Arbeit in der Zahnarztpraxis aufgeben müssen. Denke ich doch noch ganz unbewusst an Andreas und die verlorenen Jahre?" Sie war plötzlich unendlich traurig.

Sie schlief unruhig und schlecht in der folgenden Nacht und träumte doch tatsächlich von Andreas.
„Wo in der Welt geisterst du herum? Bist du in dieser Zeit in Südafrika oder in China, in den USA oder in Tokio? Versüsst du dir deine Nächte mit einem zauberhaften Wesen in einer anderen Welt?" Sie schreckte auf aus dem Halbschlaf und schalt sich eine dumme Gans.

Eigentlich war es logisch, dass am Montag darauf der Herr Doktor nicht in der Praxis erschien, weil er angeblich einen dringenden Termin wahrnehmen musste. Was und wo? Das wusste niemand. Offenbar aber vermuteten oder wussten die weiblichen Angestellten von Majas Date, denn sie wurde mit giftigen Blicken fast erdolcht.

„Auch das noch, ihr dummen Hennen", dachte sie mürrisch und traurig, während in ihrem Hirn schon Sätze geformt wurden für ihr Kündigungsschreiben.

12

Das Gespräch zwischen dem CEO der Bank und Andreas verlief für diesen ganz anders als erwartet. Dr. Herbert Stolzer war zudem noch Deutscher, und dies weckt bei etlichen Schweizern sowieso gewisse Aggressionen. Gut, der Schweizer Ackermann war auch Chef der Deutschen Bank. Aber das ist doch ganz was anderes. Hier bei diesem Unternehmen war doch alles schweizerisch gewesen. Nun hatte die Globalisierung auch hier Einzug gehalten.

Stolzer, welch ein Name, stellte ziemlich eisig fest: „China ist ein schwieriger Handelspartner, ich weiss. Aber China ist der grösste Wachstumsmarkt der Welt. Und Sie haben dort, lassen Sie es mich deutlich sagen, grossen Mist gebaut. Das wirft uns auf Jahre zurück. Und das wirft Sie schliesslich aus unserer Bank! Sie können sofort ihr Büro räumen und noch zwei Jahressaläre als Abfindung beziehen. Alle Details regelt die Personalabteilung. Das Gespräch ist damit beendet!"

„Aha, amerikanische Sitten haben hier Einzug gehalten! Grossartig! Hire und fire! Sie werden erleben, dass Sie und die anderen hohen Herren damit das

Institut gegen die Wand fahren. Dieses System geht in der Schweiz nicht. Aber davon haben Sie ja keinen blassen Schimmer!"

„Guten Tag", meinte Stolzer knapp und beugte sich bereits wieder imaginären Papieren zu.

Geschockt und wütend stand Andreas auf und knalle die Türe hinter sich zu. Typische Reaktion eines Verlierers. Was macht ein solch Geschasster weiter? Klar, an die nächste Bar und sich sinnlos vollaufen lassen. Andreas vergass dabei völlig, dass er seinen Wagen noch in der Tiefgarage stehen hatte, als er morgens gegen elf Uhr in das gegenüberliegende Coq d'Or eilte. Schon in diesen Augenblicken fühlte er sich wie besoffen.

„Soll ich klagen beim Arbeitsgericht? Soll ich einen Prozess gegen diese Schweine eröffnen? Hat wohl wenig Sinn, denn die Rechtsabteilung hat ein paar ausgefuchste Juristen. Und sie können ja auch jederzeit noch externe Grössen hinzuziehen."

Rosa begrüsste ihn etwas verwundert an den Tresen und meinte: „Schon so früh heute, Herr Kellenberger? Wie war denn die Reise nach China? Hoffentlich erfolgreich! Aber feiern sollten Sie eigentlich nicht allein!"

„Beschissen, Rosa! Aber stellen Sie jetzt keine weiteren Fragen. Ich bin nicht in der Verfassung, ein fröhliches Gespräch zu führen. Einen Doppelten, mit viel Eis!" Leise brachte Rosa den Drink und sah Alois etwas besorgt an, der schon an seinem Handy herumfuchtelte. Er tippte eine Mail an den Personalchef ein, denn reden wollte er im Moment mit niemandem.

13

Maja Flückiger entschloss sich spontan, zur Klärung ihrer verworrenen Situation in den Urlaub zu fahren. Bei den Last-Minute-Angeboten schlug sie kurzerhand zu. Brela in Kroatien! Dieses Land hatte sich seit der Eigenständigkeit gemausert. Mit den Hunderten vorgelagerten Inseln und dem meist idyllischen Strand des Festlandes verzeichnet das Land um die zehn Millionen Touristen und liegt gemäss einer internationalen Bewertung auf dem achtzehnten Rang weltweit als bekanntes Reiseziel.

Malerische, weisse Kieselstrände, die von Kiefern gesäumt sind, prägen das kleine Dorf Brela. Der Duft dieser Bäume, so steht es im Prospekt, könne niemanden gleichgültig lassen. Der Flug nach Split und die Busfahrt entlang der Adria-Magistrale brachten Abstand in das Gedanken-Gewirr von Majas Kopf. Das Hotel war keine Wucht, aber gemütlich. Und die dalmatinische Küche brachte wegen des vielen Knoblauchs und der Zwiebeln nebst Blähungen auch eine Änderung der Gemütslage.

„Wie glasklar das Wasser der Adria hier ist", stellte Maja verwundert fest. „Man sieht ja tatsächlich zehn

Meter tief bis auf den Grund. Hoffentlich sehe auch ich auf den Grund meines Innersten und erhalte Klarheit über meine Zukunft. Rapperswil heisst diese wohl nicht. Soll ich meine kürzlich erworbene Wohnung wieder verkaufen? Vielleicht mit Gewinn? Aber dann schlägt der Fiskus zu! Ich hoffe, nach zwei geruhsamen Wochen hier in der Abgeschiedenheit klar zu kommen."

Aber so abgeschieden war Brela gar nicht. Die Jagd nach einer Ferieneroberung begann auch hier. Alleinstehende Frauen galten als Freiwild, sowohl bei den Urlaubern als auch beim Personal des Hotels. „Die verfluchten Papagalli sind einfach überall. Aber seht euch vor – nicht bei mir. Ich stelle mir euch einfach in den Unterhosen vor und lache und lache", meinte Maja, erhaben über alle fleischlichen Gelüste. So galt sie bald einmal als unnahbare und blöde Gans.

Immer mehr wurde ihr klar, eine totale Änderung im Leben zu wagen und zu neuen Horizonten aufzubrechen. Dies wollte Maja zunächst nicht in einem total fremden Sprachraum versuchen, sondern in Deutschland.

Der tiefere Grund war: Maja lernte in Brela am Strand eine andere Einzelgängerin kennen. Elke Brandauer aus Berlin war eine attraktive Frau um die dreissig und, oh weh, auch Zahnärztin. Aber es müssen ja nicht alle Dentisten und Dentistinnen Sexmonster sein. Frau Brandauer hörte sich aufmerksam die Lebensgeschichte und Lebensbeichte Majas an, lächelte verschmitzt und empfahl:

„Kommen Sie doch nach Berlin und starten Sie dort zu einem ganz neuen Lebensabschnitt! In meiner Praxis suche ich seit einiger Zeit eine tüchtige Kraft. Allerdings will ich kein männliches Wesen um mich, denn diese haben mich auch bitter enttäuscht."

Maja sah das als Wink des Schicksals und sagte zu. „Berlin ist ja eine pulsierende Stadt, die Möglichkeiten bietet wie kaum anderswo. Also: Ab nach Berlin!"

Dass Dr. Elke Brandauer lesbisch war, würde sie erst einige Zeit später erfahren und erleben.

14

Rosa schenkte nach etwa zwei Stunden dem ziemlich betrunkenen Andreas keinen Schnaps mehr ein und empfahl ihm, per Taxi heimzufahren. Anstatt auf sie zu hören, machte dieser auf widerborstig, murmelte etwas von „einfach keine Freunde mehr" und torkelte in die gegenüberliegende Tiefgarage der Bank zu seinem Wagen. Mit aufheulendem Motor und Reifen fuhr er wie ein Halbverrückter die Rampe hinauf und durch die Ausfahrt auf die Strasse.

„Rosa hat Recht. Ich will heim, aber mit dem eigenen Wagen. Der Einstellplatz in der Garage ist mir ja wohl auch gekündigt. Meine wenigen persönlichen Dinge aus meinem Büro trag ich nicht noch im Pappkarton hinaus unter dem versteckten Grinsen der Leute. Diese paar Sachen bringt mir sicher mal gelegentlich eine Bürohilfe vorbei. Wer weiss, vielleicht ist sie sogar hübsch!"

Das blöde Grinsen in seinem umnebelten Gesicht erstarb plötzlich, als es grausam zu scheppern, kreischen und zu klirren begann und ein dumpfer Knall den Wagen stoppte. Andreas war über einen Zebrastreifen gefahren und hatte eine ältere, leicht behinderte Frau zu spät bemerkt. Selbst natürlich nicht angeschnallt, wurde er durch den Aufprall zwar vom Airbag an Kopf und Brust geschützt. Nicht aber seine Beine, die sich irgendwie verhedderten. Trotz des Alkoholpegels fühlte er einen stechenden, nein wahnsinnigen Schmerz in seinem linken Fuss. Dann wurde ihm schwarz vor den Augen und er sank in eine gnädige Bewusstlosigkeit.

Leute schrien und sprangen herzu. Jemand rief sofort die Ambulanz und die Polizei. Ein Stau entstand in kurzer Zeit, und die Passanten riefen aufgeregt: „Die arme Frau! Entsetzlich! Ist sie tot? Der Fahrer ist ja vermutlich stockbesoffen und auch schwer verletzt. Solchen Lümmeln muss man den Ausweis entziehen!"

Andreas wurde mit Baulicht in ein Krankenhaus überführt. Eine Blutprobe ergab einen Alkoholspiegel von 1,6 Promille. Röntgenaufnahmen seines linken Unterbeines zeigten die totale Zertrümmerung der Knochen unterhalb des Schien- und Wadenbeines. „Eine schlimme Sache", konstatierten die Ärzte. „Eigentlich sehen wir hier keine Frakturen, sondern eine Zermalmung der Knochen, vor allem im Fussbereich. Es wird sich zeigen, ob wir diesen sogar abnehmen müssen."

Andreas wurde in einen künstlichen Schlaf versetzt, damit er nicht von den Schmerzen total übermannt würde. Der Polizeiarzt wurde auf später vertröstet. Immerhin wurde dem Verletzten schon jetzt der

Führerschein entzogen. Und wegen des tödlichen Unfalls der Frau, den er verursachte, drohten ihm auch eine Anklage und ein Prozess.

Einige Operationen ergaben, dass es unmöglich war, den zertrümmerten Fuss zu retten. Die genaue Rekonstruktion des Hergangs des tragischen Unfalls zeigte, dass Teile des Wageninneren sich lösten und beim Aufprall den Fuss geradezu zermalmten. Die herumschwirrenden Teile zerbarsten und zertrümmerten alles, was ihnen im Wege war.

„Eigenartig! Wir sind doch täglich mit Unfällen konfrontiert. Aber so etwas sahen und hatten wir noch nie!", meinten die Chirurgen. Der Polizeiarzt stimmte ihnen zu, und der Versicherungsmann klappte seine Unterlagen zusammen und dachte: „Kostet vermutlich meine Firma keinen Franken!"

15

Maja lebte in der deutschen Hauptstadt förmlich auf. Sie wohnte bei ihrer Zahnärztin, die ein prachtvolles Appartement ganz in der Nähe des Kurfürstendamms besass und ihr dort ein eigenes grosses Gemach samt Badezimmer zur Verfügung stellte. Sie schlenderte oft durch die breiten Prachtstrassen und genoss einen Einkaufsbummel, allein oder zu zweit mit Elke.

Seit einiger Zeit waren sie per Du und sassen auch oft abends zusammen zu zwangslosem Geplauder oder bei einem interessanten Film. Dass dabei mal eine flüchtige kurze Umarmung oder auch ein Kuss au die Wange erfolgte, fiel Maja wirklich nicht auf, zumal in der Praxis echt deutsche Disziplin und Distanz vorherrschte.

Dann kam ein unvergesslicher Abend mit schöner Musik und Kerzenlicht sowie einer feinen Flasche Bordeaux. Die schon lange in Abstinenz lebende Maja empfand auch die zarten Berührungen von Elke nicht störend. Im Gegenteil, diese taten ihr wohl.

Auch als es später zu schon sehr erotischen und zarten tiefsinnlichen Handlungen kam, liess sich Maja das gefallen, von wohligen, ja sogar begehrlichen Empfindungen richtiggehend aufgeheizt. Erst als beide schon in einer Ekstase hingerissen waren, schreckte sie plötzlich auf und wurde vom Gedanken durchzuckt: „Bist du denn so von Männern enttäuscht und zum Andern auf diesem Gebiet so ausgehungert, dass du in dir eine ganz neue Veranlagung spürst? Warum eigentlich nicht?"

Aber als die Faszination, nein der Rausch der Sinne vorbei war, kam doch ein gewisses Bereuen über Maja. Komisch, dass sie gerade jetzt wieder an Andreas dachte und auch an ihre Eltern. „Ist das ein Überbleibsel einer vielleicht doch etwas puritanischen Erziehung? Oder ist es mehr? Ich brauche Zeit, um mit mir klar zu kommen!"

Wie von weither hörte sie Elkes Stimme und schrak ein wenig aus ihren Gedanken auf: „Liebes, wollen wir nicht zusammen bleiben und für uns ein kleines Paradies bauen?"

„Ich weiss noch nicht so recht. Lass mich erst mit meinen Gefühlen klar kommen. Für mich ist dies alles so neu!"

„Dann geh ich jetzt zum Bäcker und hole frische Semmeln und Hörnchen. Oder wie sagt man in der Schweiz? Gipfeli, nicht wahr? Machst du bis zu meiner Rückkehr einen duftenden Kaffee?"

„Ja, ein starker Espresso, das ist jetzt sehr gut!"

„Unsere gemeinsame Nacht aber auch!"

„Wie? Ach ja, sicher!"

Weitere Worte wären jetzt wohl angebracht gewesen. Aber sie fehlten schmerzlich. Maja machte sich fluchtartig an der Kaffeemaschine zu schaffen, während Elke nachdenklich davon huschte.

16

Das tödliche Unfallopfer belastete Andreas in den nun einsamen Tagen und Nächten im Krankenhaus. Gewiss: Es war eine hoch betagte und alleinstehende Frau ohne nähere Angehörige. Trotzdem wachte er manchmal aus einem Halbschlaf schweissgebadet auf und murmelte: „Ich habe einen Menschen zu Tode gefahren!" Dabei standen seinen Schuldgefühlen unabhängige Zeugenaussagen gegenüber, die besagten, dass die sehr gebrechliche alte Frau ihm direkt vor den Wagen gelaufen war. Nur: Die Dame wurde auf dem Zebrastreifen überfahren!

Gemäss Bericht war es eine triste Trauerfeier gewesen. Eine entfernte Enkelin, die sich nie um die Oma kümmerte, zwei oder drei Nachbarn, kaum eine Blume im Krematorium, ein missmutiger Pfarrer, ein kurzes Orgelgeplärr, das war's! Andreas liess wenigstens durch einen Gärtner nachträglich auf das Grab ein Blumengebinde bringen und bekam Bericht, dass die Frau in einem Grab der Namenlosen beigesetzt worden sei und dass man die Blumen dort niedergelegt habe. Ob dies so recht sei?

„Ja, ist recht", meinte er trübsinnig. „Was bleibt schliesslich von allem Streben? Geld stinkt doch, römischer Kaiser. Nicht nur Schnittblumen, die auf einem Stück Rasen auf dem Friedhof verfaulen. Und zuletzt stinken wir alle, ehe wir zu Asche oder wieder Erde werden!"

Inzwischen wurde Andreas durch die Ärzte auch klar gemacht, dass sein linker Fuss vom Knöchel an versteift werden musste und er dadurch in gewissem Sinn auch gehbehindert sein werde.

Zudem wartete auf ihn noch ein Prozess wegen Fahrens im angetrunkenen Zustand mit Todesfolge. Er hatte bereits Kontakt aufgenommen zu einem Staranwalt seiner früheren Bank, der ihn gern verteidigte. Dies natürlich hatte seinen Preis, und zwar einen sehr hohen. Denn für diese Herren stinkt Geld natürlich nicht. Aber der Herr Jurist plädierte schon am Spitalbett auf Reue, Eingeständnis der Schuld, um den Richter milde zu stimmen und mit einer bedingten Haftstrafe davonzukommen.

„Für wie lange verliere ich meinen Führerschein? Ja, ich weiss, der linke Fuss ist kaputt! Aber ich kann mit einer Spezialanfertigung und mit Automatik doch fahren", fragte Andreas fast ängstlich.

„Nun, Sie werden vermutlich mit einem halben oder einem Jahr Entzug und mit bedingter Haftstrafe wegkommen!", erwiderte der künftige Verteidiger.

„Hingegen blüht Ihnen noch eine saftige Busse wegen Trunkenheit am Steuer."

„Und eine gesalzene Rechnung von Ihnen!", ergänzte Andreas.

„Ach, für Sie werde ich mein Honorar so niedrig wie möglich halten!"

„Gewiss! Besonders für einen geschassten Mitarbeiter der Bank, für die Sie auf der halben Welt tätig sind. Aber Geld stinkt ja nicht, oder?"

17

Die Croissants kamen und kamen nicht. „Wo nur Elke steckt? Die Bäckerei ist doch gleich um die Ecke. Heute ist Sonntag, gewiss. Aber der Laden hat doch für einige Stunden geöffnet. Ob ich mal anrufen soll? Ich habe zwar keine Nummer, aber im Internet ist diese vermutlich zu finden."

Maja machte sich am PC von Elke zu schaffen. Plötzlich flammte vor ihr ein Fenster auf, das sie erschreckte. Sie las die ultimative Forderung einer Gruppe, die sich den Namen „Rache für Polen" gab. Diese wohl verrückten Extremisten verlangten von allen Umsätzen der Zahnarztpraxis zehn Prozent Gewinnanteil. Sonst würde Elke dies bereuen!

„Wie bin ich nur auf diese Seite gekommen", fragte sich Maja. „Offenbar hatte Elke diese Drohung zuletzt angeklickt. Ja, Polen hatte schwer zu leiden in den letzten Jahrhunderten und war meines Wissens sogar mal von der Landkarte verschwunden. Aber das hier sind doch Spinner. Halt! Arbeitet da nicht eine Polin in der Praxis? Man müsste die mal fragen."

Aber Maja fand die Telefonnummer des Bäckers nicht. Sie zog sich schnell an und eilte mit dem Fahrstuhl hinunter und schoss um die Ecke in den Laden. In der Eile sagte sie dort Grüezi und entschuldigte sich. „Wir verstehen das sehr gut, Frau Flückiger. Wir sind oft zum Urlaub in der schönen Schweiz", reagierte lächelnd die Bäckerfrau. Im Moment war kein Mensch im Laden.

„Sagen Sie mal, ist denn Elke nicht bei Ihnen? Sie wollte frische Croissants holen!"

„Aber doch! Da waren auch zwei Herren, vermutlich Polen, mit denen Sie schnell hinaus eilte mit der Bemerkung, sie würde gleich wiederkommen. Jetzt kommen ja Sie. Sehen Sie, die Tüte ist noch hier! Sie können ja das nächste Mal zahlen, ich schreib's einfach auf. Ist etwas nicht in Ordnung?"

„Doch, doch! Aber sagen Sie, kennen Sie diese vermeintlichen Polen?"

„Nein, nie gesehen. Aber wir haben hier in Berlin so viele Türken und Polen: Die erkennt man sofort! Von den geschätzten zwei Millionen Polen in Deutschland leben wohl die meisten in Berlin!"

„Vermutlich sind das Patienten der Frau Doktor", versuchte Maja zu beruhigen.

„Kaum. Dann hätten sie bessere Zähne! Wenn was ist, wir stehen Ihnen jederzeit zur Verfügung."

„Ja, vielen Dank."

Beim hastig Hinauseilen aus dem Geschäft hörte Maja noch den Mann der Bäckersfrau brummen: „Diese Polen! Viel zu viele hier! Und jedem Zweiten traue ich nicht über den Weg!"

„Aber Friederich, sei doch vorsichtig! Es gibt auch bei uns schlechte Leute!", mahnte ihn seine Frau.

„Aber weniger!"

18

Andreas merkte noch während seines relativ langen Spitalaufenthalts, wie seine Finanzen schwanden und schmolzen wie Schnee an der Märzsonne. „Ich werde wohl trotz einer künftigen Invalidenrente meinen Lebensstandard ändern müssen, meine Traumwohnung am Zürichberg verkaufen und ein einfacheres Leben führen.

Dies stört mich eigentlich nicht sonderlich, komme ich doch aus einfachen Verhältnissen. Vielmehr wird mich der Wandel vom Weltreisenden zum Gefangenen in meinen vier Wänden stören. – Und es fehlt mir vor allem Maja! Ich werde sie suchen!"

Mit diesen und hundert anderen Gedanken verliess Andreas das Krankenhaus, verkaufte seine Traumwohnung zu einem Superpreis und wohnte bis zum Bezug einer kleinen Mietwohnung in einem einfachen Hotel. Dort wartete er auch seinen Prozess ab.

Dieser fand schliesslich unter Ausschluss der Öffentlichkeit im Bezirksgericht Zürich statt und war nach kurzer Zeit vorbei. Dem Antrag des Staatsanwalts auf Schuldigsprechung wegen Tötung im angetrunkenen Zustand auf zwei Jahre, da es dringend nötig sei, dass hier mal ein Exempel statuiert werde, gab das Gericht nicht statt. Das glänzende Plädoyer des Verteidigers, der den Schuldigen als Opfer hinstellte und in drastischen Farben den Rauswurf aus der Bank schilderte, der jeden rechtschaffenen Bürger in die Verzweiflung treiben würde, wenn er nach geschäftlichen Erfolgen in der halben Welt nun plötzlich vor dem finanziellen Ruin stünde, berührte wohl eine zarte Seite beim Gericht. Der Schuldspruch lautete: Bedingte Strafe für ein Jahr und Führerscheinentzug für ein halbes Jahr. Die Gerichtskosten gingen zu Lasten der Staatskasse.

Andreas suchte nun die Eltern von Maja auf. Ermutigt vom milden Urteil des Gerichts wollte er auch dort auf die Tränendüse drücken. Bei Bertha Flückiger gelang ihm dies halbwegs, nicht aber bei Papa Flückiger. Dieser fuhr in an:

„Eigentlich sollte man dir Mistkerl den Schädel einschlagen! Wie du meine Tochter behandelt hast, ist ein Verbrechen, für das es leider keine Verurteilung gibt. Aber jeder erntet, was er sät!"

Bertha meinte darauf etwas scheu: „Wir haben unser Kind auf jeden Fall anständig erzogen!"

Darauf ihr Jakob sehr gereizt: „Ja, aber wir hätten ihr beibringen sollen, diesen Geldmenschen nach zwei Jahren zu verlassen, wenn er sie nicht heiratet. Wir hätten uns so sehr Enkelkinder gewünscht. Nun, du bist ja jetzt doch gestraft, mit einem Stock und humpelnd durchs Leben zu gehen!"

„Jakob, sei doch still!", mahnte Bertha.

„Wo ist Maja jetzt? Ich vermisse sie sehr und möchte sie suchen!", fragte zaghaft Andreas. Der Stachel sass wegen seines kaputten Fusses. Tiefer, als man ahnen konnte.
„In Berlin, bei einer Zahnärztin Brandauer, die ihrerseits glaube ich aus München stammt. Wir haben aber schon einige Zeit nichts mehr von ihr gehört. Ihr Handy ist fast immer ausgeschaltet", hörte Andreas nun Jakob sorgenvoll antworten. Kaum hatte er dies gesagt, hätte er sich wohl am liebsten auf die Zunge gebissen.

„Berlin ist ein sehr grosses Pflaster", überlegte sich Andreas. „Aber in der Zeit des ‚gläsernen Menschen' finde ich sie vielleicht doch!" Er verabschiedete sich von den Flückigers ziemlich kühl und schnell.

19

Innerlich doppelt aufgewühlt eilte Maja zurück ins Penthaus. „Ich muss mit dieser Polin sprechen. Die Telefonnummer ist bestimmt aus den Unterlagen der Mitarbeiterinnen ersichtlich. Wie heisst sie nur?"

Mit etwas schlechtem Gewissen wühlte sie in Elkes Sachen herum. „Aber hier ist vielleicht eine Notlage" beruhigte sich Maja oberflächlich und fand nach einiger Zeit die Personalakte Iwona Kowalska. „Richtig, das ist sie", schoss es ihr durch den Kopf. Aber das angegebene Telefon blieb stumm. Da lag noch ein Zettel dabei mit dem Vermerk „Gasthaus zum Adler, Berlin-Köpenick".

„Könnte dies ein Anhaltspunkt sein? Am besten, ich fahre mal hin und sehe mich um."

Wer kennt sie nicht, die köstliche Geschichte „Der Hauptmann von Köpenick"! Tatsächlich steht auch vor dem dortigen Rathaus eine Bronzefigur jenes berühmten Zeitgenossen. Nach zweimaligem Fragen fand Maja auch den Adler und trat ein. Dieser war um die Mittagszeit relativ gut besetzt. Sie fand einen noch leeren Tisch und setzte sich. „Berliner Bouletten, das wäre gar nicht übel für meinen doch hungrigen Bauch". Dazu brachte der etwas schmuselige Ober noch das obligate Bier, als Maja diesen schliesslich fragte: „Ich suche hier eine Frau Doktor Elke Brandauer. Ist sie nicht vor etwa einer Stunde mit zwei polnischen Herren hier vorbeigekommen? Ist Ihnen auch eine Iwona Kowalska bekannt?"

„Wurde der schmuselige Ober eine Spur blasser oder nicht? Ich will mal ordentlich auf den Busch klopfen und dem unsympathischen Kerl eine Geschichte auftischen, die ihn vielleicht verunsichert", nahm sich Maja vor. „Wissen Sie, ich komme vom Auswärtigen Amt mit einer wichtigen Botschaft für Frau Doktor!"

„Moment, ich hole den Boss", meinte der bleiche Ober.

Dieser kam relativ schnell. Ein richtig vierschrötiger Mann, für den ein Massanzug einen wahren Künstler von Schneider erfordern würde. Knapp meinte er: „Vom Auswärtigen Amt kommen Sie gewiss nicht. Eher käme ich vom Vatikan, haha! Was wollen Sie wirklich?"

Nachdem Maja mit ähnlichen Worten wie schon zuvor beim Ober operierte, sah sie aber ein kaltes, unverschämtes Grinsen bei diesem sogenannten Boss, der zu allem Übel noch feststellte: „Schweizerin, nicht? Sie können einen gewissen Akzent nicht unterdrücken!

Bei Elke Brandauer arbeitet doch eine Schweizerin!"

„Woher haben sie solches Insiderwissen? Sie kennen also die Dame! Ist sie hier mit ihren sauberen Begleitern? Oder soll ich Ihnen die Polizei auf den Leib rücken lassen?", fauchte nun Maja den Klotz an. „Sollte ich auch verschwinden wie die Frau Doktor, so ist meinerseits vorgesorgt, dass es ihrer Pinte dreckig geht."

„Also, mich geht die ganze Sache nichts an. In meiner Gaststätte verkehren Hunderte von Gästen. Ich weiss doch nicht von jedem, was er so treibt. Die zwei polnischen Gäste sind mit der Frau Doktor", er spuckte dieses Frau Doktor förmlich aus, „nach Danzig weiter gereist. Eine schöne und alte ehemals deutsche Stadt! So, und nun verlassen Sie gefälligst das Lokal hier. Die Bouletten sind ausverkauft, kapiert?" Abrupt wendete sich der Klotz und schlurfte davon. Auch Maja verliess die Kneipe eilig.

„Wo gibt es Flüge nach Gdansk? Ich glaube im Flughafen Schönefeld. Zurück in die Wohnung und dann von dort reservieren und packen. Zum Glück ist Polen in der EU und die Schweiz im Schengen-Raum", schoss es Maja durch den Kopf.

20

Etwa zur gleichen Zeit, in der Andreas im Flugzeug nach Berlin sass, flog Maja nach Gdansk. Sie konnte die polnische Mitarbeiterin nicht mehr ausfindig machen, während sie alles für den Flug und die Reise vorbereitete, hinterliess aber im beim Friseur ihre vorläufige Adresse in Danzig sowie die etwas nebulöse Nachricht, dass vermutlich die Chefin dorthin abgereist sei.

Danzig hat eine sehr bewegte Geschichte. Neuerdings blüht die alte Hansestadt wieder auf, denn die Polen besitzen viele begabte Handwerker, die alte Gebäude restaurieren und so die Schönheit früherer Zeiten wieder hervorzaubern. Der Lange Markt, die Häuserzeilen um das Krantor zeugen davon.

Ganz in der Nähe hatte Maja sich ein Zimmer im Hotel Hilton Gdansk reserviert, sehr schön gelegen und mit entsprechenden Preisen. Man sprach dort auch Deutsch und Englisch. Mit seinen über 600'000 Einwohnern ist Danzig eine Grossstadt, und Maja schalt sich eine Närrin, hier jemand suchen zu wollen, der vermutlich noch auf dunklen Kanälen oder Wegen eingereist war.

„Es ist die berüchtigte Suche nach der Nadel im Heuhaufen, und am besten reise ich so bald wie möglich wieder zurück!", überlegte sich Maja, ziemlich nüchtern geworden im Gewimmel der Leute.

Sie nippte an einem Drink in der Bar des Hotels und hörte oberflächlich dem Gespräch von zwei Männern zu, in Englisch geführt. In so einfachem und vermutlich auch schlechten Englisch, dass Maja praktisch jedes Wort verstand. Soeben meinte der eine: „Es ist schon eine verdammte Schweinerei mit diesen Schieberbanden und Schutzgelderpressern. Vor allem von Berlin aus ist ein ständiges Kommen und Gehen. Nur habe ich jetzt keine Zeit, mich näher mit diesen Leuten zu befassen. Ich reise demnächst in die Schweiz, nach Rapperswil. Dort ist ein bedeutendes Museum entstanden, angeregt durch polnische Emigranten. Mein Grossvater zählte im Zweiten Weltkrieg auch dazu, und es ist in unserer Familie Tradition geworden, mit diesem Museum enge Kontakte zu pflegen. Aber in gut einer Woche bin ich wieder hier, und dann wollen wir mal einen grossen Coup landen gegen diese Bande!"

Bedauernd nickte der Andere und verabschiedete sich bald darauf.

„Rapperswil, Polenmuseum? Natürlich!", durchzuckte es Maja. „Ich muss mich an den Mann heranmachen. Jetzt oder nie! Wenn er nichts weiss, wer dann! Welch ein Zufall oder welche Fügung!"

„Entschuldigung! Aber darf ich Sie willkommen heissen in der Rosenstadt Rapperswil! Ich bin momentan zwar in Berlin, wohne aber in Rapperswil. Assen Sie schon mal Tafelsitz im Schwanen? Sehr zu empfehlen!"

Der Mann schaute sie kritisch an, antwortete jedoch erfreulicherweise in Deutsch: „Sie haben also unser Gespräch von vorhin belauscht?"

„Belauscht? Keineswegs! Ich habe einfach ein paar Worte mitbekommen!"

„Sie sind also Schweizerin?"

„Ja, und in einer ganz besonderen Angelegenheit nach Danzig gereist. Zugegeben, etwas kopflos. Aber wer weiss, vielleicht können Sie mir auf die Sprünge helfen. Meine Arbeitgeberin in Berlin ist vermutlich hierher entführt worden! Sie sind doch bei der Geheimpolizei? Oh, gestatten Sie: Maja Flückiger, zurzeit Berlin, wohnhaft aber in Rapperswil." Maja zeigte dem Mann ihren Pass.

„Einen Vorschlag zur Güte, junge Frau", erwiderte der Angesprochene, doch ihren Pass prüfend, „halten Sie sich hier raus. Die Sache könnte brandgefährlich werden!"

„Sie glauben doch nicht im Ernst, dass ich meine Chefin im Stich lasse!"

„Melden Sie sich doch bei der Polizei!"

„Um ungläubig ausgelacht zu werden als hysterisches Weib?"

„Lieber ausgelacht als tot!"

„Sehen Sie, es ist doch etwas an meiner Theorie, dass Sie so etwas sagen!"

„Also, erzählen Sie mal Ihre Geschichte!"

„Endlich! Das will ich gerne tun. Hat es hier nicht eine ruhigere Ecke?"

„Kommen Sie. Gleich da hinten! Aber machen Sie es doch möglichst kurz. Ich reise wirklich morgen Abend in die Schweiz."

„Dann grüssen Sie meine Heimat!" Nun erzählte Maja dem Herrn Kowalski ihre etwas verrückte Geschichte und ihre Vermutungen um Elke Brandauer und stellte sich dabei selbst im Stillen die Frage, warum sie sich auf eine so unbestimmte und vielleicht auch waghalsige Sache einliess. Die eigentümliche gemeinsame Nacht war ihr wieder vor Augen und stiess sie jetzt, im Nachhinein, etwas ab.

Kowalski blieb nach den Ausführungen von Maja eine ganze Weile still und meinte schliesslich: „Ich nehme Ihre Schilderungen zur Kenntnis, Frau Flückiger. Wir werden diese in unsere Untersuchungen und Nachforschungen einbeziehen."

„Und mich damit?"

„Nein!"

„Doch! Sie müssen geradezu, denn nur ich kenne diese Elke Brandauer!"

„Gut, aber auf Ihre Verantwortung. Wir treffen uns heute gegen Abend an den Tresen der Bar hier im Hotel mit einer Gruppe Einsatzkräfte. Am besten kleiden Sie sich wie ein junger Mann und bleiben während der ganzen Operation immer etwas im Hintergrund. Wir machen einen kleinen Ausflug in die Umgebung von Danzig. Hier noch zu Ihrer Beruhigung mein Ausweis als Mitglied der Geheimpolizei."

Maja betrachtete interessiert denselben, konnte ihn aber nicht lesen, da dieser in Polnisch abgefasst war. Trotzdem vertraute sie Kowalski aus dem Bauchgefühl heraus.

21

Andreas landete in Berlin-Tegel. Der versteifte Fuss tat ihm höllisch weh bei dessen ersten kurzen Flug. „Das wird nun wohl immer so sein", überlegte er sich und ignorierte einfach den Schmerz. In Tegel sind die Wege für die Passagiere angenehm kurz, dafür herrscht dauernd Verstopfung durch Menschentrauben. Andreas kannte Berlin von früheren Geschäftsreisen recht gut. So fand er auch die mondäne Zahnarztpraxis dieser Elke Brandauer recht schnell.
Er musste seinen ganzen Charme ausspielen, bis beim Personal die Mauer des Schweigens bröckelte und herausgehört werden konnte, dass Danzig in Polen im Spiel war.

„Nur für heute hänge ich hier fest. Und ohne genauere Angaben über den Aufenthalt von
Maja in Danzig kann ich gerade so gut unverrichteter Dinge wieder nach Hause. Aber bei dem wohl ziemlich kleinen Flughafen und den wenigen Airlines, die ihn anfliegen, ist vielleicht doch etwas rauszufinden."

In seinem Hotel liess er sich alle Flugverbindungen aus dem Internet ausdrucken und versuchte dann sich am Flughafen zu erkundigen, wann eine Passagierin namens Maja Flückiger nach Danzig geflogen sei. Aber selbst seine rührselige Geschichte, er müsse die Frau dringend sehen, denn in der Schweiz liege ihr Vater im Sterben, zog nicht. „Wir geben prinzipiell keine Angaben über unsere Fluggäste bekannt", tönte es schnarrend aus dem Apparat.

„Ich werde es morgen am Schalter der Airline persönlich nochmals versuchen, mit einem charmanten Augenaufschlag und, was vermutlich noch wichtiger ist, mit einem fürstlichen Trinkgeld. Diese osteuropäischen Gesellschaften zahlen doch alle schlecht", gelobte sich Andreas.

Er hatte am nächsten Tag in Schönefeld Glück oder einfach Erfolg mit ein wenig Schmiergeld. Eine Einladung zu einem Essen in einen Gourmet-Tempel und ein Hundert-Euro-Schein lösten eine vertraute Informationsbereitschaft aus. Die junge Dame am Schalter einer polnischen Billig-Airline – welch böses Wort, es wollen doch alle Firmen Billig-Angebote unterbreiten – glaubte, ihren glücklichen Tag zu erleben, und verriet Manuel, das gestern tatsächlich eine Frau Maja Flückiger mit Flug 137 nach Gdansk gereist und im Hilton in der City gebucht habe.

Manuel sass wenig später in einem recht kleinen Hupfer und hatte wieder Schmerzen im Fuss. „Reisen wird für mich in Zukunft wohl sehr beschwerlich werden. Aber auch finanziell liegt dies kaum mehr drin, obschon man heute zu Schnäppchen-Preisen in der Adventszeit schnell nach New York jetten kann. Was soll ich in New York, jetzt oder im Advent? Wichtig ist nur eines: Maja zu finden. Was denkt sie, wenn ein Krüppel vor ihr steht?"

22

Punkt 19 Uhr war der Einsatztrupp bereit. Herr Kowalski hatte grosse Mühe, die Teilnahme von Maja zu erklären. Misstrauische Blicke, ja sogar kalte Ablehnung, schlugen ihr entgegen.
Zum Glück beherrschten offenbar nicht alle Englisch oder gar Deutsch, manche waren ohnehin sehr wortkarg.

Sie fuhren in einer Art Kastenwagen, bewaffnet mit kleinen Maschinenpistolen, aus der Innenstadt heraus, am Flughafen vorbei in die nähere Umgebung, die von teilweise halb verfallenden Plattenbauten aus der kommunistischen Zeit im fahlen Mondlicht eine trostlose und düstere Szenerie bildeten.

Besser hätte wohl für dieses Unternehmen kein entsprechendes Bühnenbild gepasst.

„Unternehmen?" fragte sich Maja. „Was unternehmen eigentlich diese Männer hier genau? Für einen solchen Einsatz sind sie doch denkbar schlecht ausgerüstet. Keine Sturmanzüge, nichts als diese Maschinenpistolen, die bei einem Angriff wenn möglich noch hinderlich sind!"

Schon wollte sie Kowalski genauer fragen, als ihr dieser zu verstehen gab: „Pst, keine Fragen jetzt. Wie ich Ihnen schon sagte: Halten Sie sich im Hintergrund!"

Vor einem offenbar verlassenen Fabrikgebäude hielten sie praktisch lautlos und schlichen sich wie Schattengestalten ins Innere. Man musste höllisch aufpassen, dass niemand auf herumliegende Metallteile und anderes Gerümpel trat. Auch war die Sicht gleich null, und die Taschenlampen blitzten nur gelegentlich und kurz auf, um die Truppe nicht zu verraten.

Plötzlich stiessen sie in einen Raum, in dem eine Gestalt auf einer kaputten Matratze zusammengekrümmt lag und leise stöhnte und schluchzte. Das Haar stand wirr vom Kopf ab. Die Kleider waren schmutzig und zerschlissen, das Gesicht verschwollen von Schlägen und vom Weinen. Maja erkannte nach einiger Zeit Elke und wollte schreiend auf sie zueilen. Sie brachte aber nur heisere Töne hervor und krächzte voller Erschütterung zu dem traurigen Bündel: „Um Himmels Willen, Elke, bist du es wirklich?"

Diese schaute zitternd und verständnislos zu Maja und stammelte ziemlich unverständlich: „Bitte nicht mehr weh tun!"

„Elke, bald bist du in Sicherheit!" Sie streichelte die Verängstigte und versuchte zu trösten. Langsam erkannte diese Maja und stotterte hervor: „Wie hast du mich gefunden? Denk mal, eines der Schweine hat mich vergewaltigt und gedemütigt! Ausgerechnet mich, die ich die Männer hasse!" Ein neuer Weinkrampf durchschüttelte sie, dann aber trat blanker Hass und unsägliche Wut in ihre Augen, während sie mit geschwollenen Lippen mühsam die Worte formte: „Ich bringe den Kerl um!"

Kowalski meinte knapp: „Frau Flückiger, Sie bleiben hier. Können Sie mit Waffen umgehen? Blöde Frage, sie kommen ja aus dem Lande Tells! Hier haben Sie eine Pistole zur Selbstverteidigung. Beschaffen Sie der Frau etwas Wasser. Ganz langsam einträufeln. Und dann warten Sie hier auf das Ende unserer Operation. Wir werden Sie und die Geisel hier abholen und anschliessend zurück ins Hotel bringen. Dort wird ein Arzt warten!"

Maja hörte kurze Zeit später Schüsse, Schreie und Lärm, beschäftigte sich aber intensiv mit der geschwächten Elke, die immer wieder murmelte: „Ich bringe das Schwein um!"

Mit vier Verletzten, darunter einer vermutlich schwer, fuhren drei Männer der Einsatzgruppe direkt in ein Spezialkrankenhaus. So jedenfalls wurde berichtet. Aber niemand wurde gesehen. Maja kehrte mit Elke unter Leitung von Kowalski ins Hilton zurück.

Andreas Wagen kreuzte sie ein paar wenige Kilometer vom Hotel entfernt.

23

Elke Brandauer fasste im Hilton den Entschluss, sich von Berlin zu verabschieden und in Passau in Bayern eine Praxis zu eröffnen. „Ich will alle Erinnerungen, so gut das möglich ist, verdrängen und neu beginnen. Bitte komm mit mir, Maja, wir beide bauen an einem wunderschönen Ort was ganz neues auf, und zwar in allen Belangen!"

„Lass mir Zeit zum Überlegen!", wand sich Maja um eine klare Antwort herum. „Ich brauche nach den Aufregungen eine Auszeit zu Hause."

Kowalski gab sich ziemlich zugeknöpft. Immerhin meinte er zu den beiden Frauen: „Wir haben eine mafiaähnliche Bande zerschlagen, die eine Art Schutzgeldforderung einkassieren wollte. Ihre berechtigte Weigerung zu zahlen veranlasste diese Kerle, Sie zu entführen, um damit den Forderungen Nachdruck zu verleihen", erklärte er der Zahnärztin „Alle werden vor Gericht gestellt und abgeurteilt. Wollen Sie beim Prozess dabei sein und als Zeugin der Anklage auftreten, Frau Doktor?"

Man merkte nur allzu gut, dass er erleichtert wäre, wenn bei der Gerichtsverhandlung niemand dabei wäre. Vermutlich wollte man Einiges unter den Teppich kehren.

„Nein", entschied Elke. „Wenn es nicht sein muss, gehe ich auf dem schnellsten Weg nach Deutschland zurück. Allerdings möchte ich den Schweinehund nochmals sehen, der mich vergewaltigt hat. Und die Frage erhebt sich, *wer* denn auf die abstruse Idee kam, dass ich Schutzgeld zahlen sollte."

„Ihre polnische Hilfskraft Iwona Kowalska! Nein, sie ist nicht mit mir verwandt! Kowalski ist in Polen ein so verbreiteter Name wie bei Ihnen Schmidt oder Müller. Darf ich mir eine indiskrete Bemerkung erlauben? Diese Frau, in Ihrer Praxis angestellt, suchte seit langem mit Ihnen gleichgeschlechtliche Liebe und wurde offenbar von Ihnen abgewiesen. Sie schwor Ihnen Rache! Darum vermutlich die Vergewaltigung!"

„Ist diese Schlampe auch verhaftet worden?"

„Auch auf sie wartet der Prozess!"

Maja und Elke sahen sich verunsichert an. Die unausgesprochene Frage lag in der Luft: „Ist da nicht mehr dahinter, und besteht wirklich keine verwandtschaftliche Bindung? Ist das Ganze nur ein Schmierentheater, und wollen uns die Leute hier so schnell wie möglich loswerden? Wir sahen ja auch keine

Verletzten nach dem Ausräuchern der Räuberhöhle!"

Sehr nachdenklich zogen sich die beiden Frauen in ihre Zimmer zurück und planten ihre Rückreise nach Berlin. „Irgendwas ist faul, oberfaul! Und wir können durch weiteres Hierbleiben nichts dazu beitragen, dass Licht ins Dunkel kommt."

24

Andreas hatte sich gewisses Insiderwissen an der Bar des Hotels abgeholt. Wo sind denn die grössten Schwatzbuden der Welt? Beim Friseur, an irgendeiner Bar oder im Bett einer Prostituierten! Es lief also etwas heute Abend in Sachen Entführung und Erpressung. Und zwar im Stadtteil Dylemat, ein ziemlich verlassener Ort, der auf EU-Gelder wartete für den Wiederaufbau.

Also fuhr Andreas mit seinem etwas klapprigen Mietwagen in diese Gegend. Hier fragte gewiss niemand nach seinem Führerschein. Während der Fahrt merkte er eigentümlicherweise nicht mal seinen Fuss. Die Anspannung war wohl grösser als die Behinderung.

Vor einem offenbar verlassenen Fabrikgebäude bemerkte er einige Beschäftigung und zwei oder drei Wagen. „Ziemlich ungewöhnlich zu dieser ungewöhnlichen Zeit", dachte sich Andreas und stellte sein altersschwaches Fahrzeug ab. Beim Anpirschen auf das verfallene Mauerwerk bemerkte er plötzlich wieder seinen Fuss und flüsterte zu sich: „Verflucht, ich tauge nicht mehr zu Pfadfinderübungen!"

Er kam sich auch so vor, nämlich eher wie ein Pfadfinder bei einer Übung als in einem Ernstfall. Eine Gruppe von Männern rauchte und gestikulierte bei angeregten Gesprächen, von denen er zwar nichts verstand. „Polnisch müsste man können", überlegte sich Andreas grimmig, während er doch einzelne Wortfetzen heraushörte wie Hilton, Flückiger, Brandauer, blöde Deutsche.

Darauf folgte ein schadenfreudiges Gelächter, aus dem heraus er auch eine Frauenstimme zu hören glaubte.

Er schlich vorsichtig in das verlotterte Gebäude und tastete sich von Raum zu Raum. Sein Feuerzeug zeigte ihm notdürftig den Weg. Plötzlich sah er in Umrissen eine verdrückte und ausgefranste Matratze am Boden liegen, und darauf, oh Schreck, eine Halsschärpe, die er noch allzu gut kannte, nämlich von Maja. Er roch an ihr, und nahm schwach aber untrüglich noch ihr Parfum wahr.

„Ich kenne doch längst nicht mehr alle Kleidungsstücke von Maja, geschweige denn ihre Halstücher. Aber dieses würde ich unter Tausenden erkennen, denn es war mal ein Geschenk von mir, als wir noch sehr auf den Preis schauen mussten. Sie ist oder war also hier! Himmel, hoffentlich ist ihr nichts zugestossen!" Ängstlich geworden steckte er das Tuch ein und forschte weiter, was aber bei dem flackernden Flämmchen immer schwieriger wurde.

In einem der nächsten Räume musste geschossen worden sein. Jedenfalls war die abgestandene Luft noch erfüllt von Pistolen- oder Gewehrrauch. Unverkennbar für jemand wie Andreas, der früher bei der Schweizer Armee als Offizier diente und oft Schiessübungen erlebte. Er sah auch Einschusslöcher an den Wänden, aber nirgends auch nur einen einzigen Tropfen Blut.

„Eigenartig; höchst sonderbar" ging es ihm durch den Kopf. Er beschloss, so schnell wie möglich ins Hotel zurückzukehren und die Polizei zu alarmieren.

Die plaudernde und lachende Gruppe vor der Fabrik, die ihm so suspekt vorgekommen war, hatte sich aufgelöst und war verschwunden. Wie ein Trunkener raste er in die Innenstadt zurück. Zum Glück hatte er sich schon vor seinem riskanten Ausflug nach der Zimmernummer von Maja erkundigt, als deren Verlobter er sich ausgab.

110

25

Maja lag erschöpft auf ihrem Bett, als es diskret an ihre Zimmertür klopfte. „Was will denn Elke schon wieder von mir? Nur keine erotische Annäherung!", hoffte sie eindringlich.

Sie schlurfte ziemlich geschafft zur Türe und öffnete vorsichtshalber nur eine Handbreit. Plötzlich war sie hellwach, entsetzt und doch irgendwie erfreut und überwältigt. „Andreas! Träume ich oder sehe ich ein Gespenst? Bist es du wirklich?"

„Maja, Gott sei Dank bist du heil! Darf ich dir deinen Schal zurückbringen, den ich dir vor acht Jahren mal geschenkt habe?"

„Vor acht Jahren! Ja, besser gesagt vor hundert Jahren! Wenn du mich nicht totschlägst, kannst du für ein paar Minuten reinkommen!"

„Du hättest allen Grund, mich totzuschlagen!"

Während Maja verwundert und überwältigt die Tür öffnete, prasselten auf Andreas Fragen über Fragen. „Warum bist du hier? Woher weißt du, dass ich hier bin? Hast du hier in Polen Bankgeschäfte zu tätigen? Warum hinkst du? Hattest du einen Unfall?"

„Maja, ich bin der grösste Esel weit und breit. Ich bin hier, dich reumütig zu einem gemeinsamen Urlaub nach Hammamet einzuladen. Den bräuchten wir, um alle deine Fragen zu beantworten!", stotterte er förmlich hervor und legte dabei den Schal um ihren Hals.

Sie liess es geschehen, und er nutzte die Gunst des Augenblicks, Maja sanft mit dem Halstuch an sich zu ziehen und sie ganz zart auf die Wangen zu küssen.

Dabei schalt sich Maja einen Dummkopf, dass sie dies mit sich geschehen liess, und schwamm gleichzeitig in einem Glücksgefühl wie kaum je zuvor erlebt.

„Hammamet kommt nicht mehr in Frage. Dieser Lebensabschnitt ist vorbei. Man soll keine alten Geschichten aufwärmen. Aber ich kenne da ein Traumhotel in Tunis", hörte sie sich sagen und schalt sich dabei abermals eine Idiotin.

„Nimm einen Moment Platz! Ich habe das Gefühl, das Stehen bereitet dir Mühe. Was ist mit deinem Bein?"

„Maja, das ist eine lange Geschichte. Also davon später, wenn es dich interessiert. Zunächst das jetzt

Wichtigste: Du und deine Begleitung seid einer Betrügerbande aufgesessen. Um dir dies zu erklären, brauchen wir beide was zu trinken. Darf ich eine Flasche Champagner bestellen? Oder ist dir was anderes lieber?"

„Da Geld bei dir nie eine Rolle spielt, Champagner!"

„Geld spielt bei mir neuerdings eine grosse Rolle. Aber dass du mir nicht gleich den Schädel einschlägst, ist ein Champagner wert, geht auf mein Zimmer!"

„Du wohnst auch hier im Hotel?"

„Ja, bis morgen. Und wenn wir uns ausgesprochen haben, reisen wir am besten gleich morgen Früh ab."

Der Champagner kam, und die Diskussion dauerte gute drei Stunden. Das Eis schmolz nicht nur im Kübel, sondern auch in ihren Herzen. Beide merkten bald, dass sie durch mancherlei Erlebnisse reifer geworden waren und eine neue Sicht der Dinge gewonnen hatten.

26

Beim Frühstück erlebten Maja, Elke und Andreas weitere Überraschungen. Als Kowalski auch noch auftauchte mit dem Vorschlag, von einer Anklage abzusehen, da dies nur eine endlose Verlängerung des Prozesses ergäbe, und alles am besten als eine innerpolnische Sache behandelt würde, wussten alle genug. Sie stimmten zu und bestellten via Rezeption drei Tickets nach Berlin mit der nächstmöglichen Maschine.

Der Abschied von Kowalski war kurz und kühl. Dieser gab seinem grossen Bedauern Ausdruck, dass er leider nicht zum besonderen Anlass nach Rapperswil zum Polenmuseum reisen könne, da er als Zeuge der Anklage gebraucht werde.

„Dann viel Erfolg beim Prozess. Vielleicht lesen wir ja mal was davon in den Zeitungen in Berlin", meinte Elke säuerlich.

„Kaum, denn der Prozess findet so schnell wie möglich und hinter verschlossenen Türen statt", erwiderte Kowalski knapp.

„Verstehe", meinte Andreas mit einem etwas unverschämten Grinsen, das den Polen fast zur Weissglut trieb.

Als sie zu allem Überdruss mit drei Stunden Verspätung endlich abhoben, wollte er die miese Stimmung etwas aufheitern und meinte: „Wie heisst es so schön? Noch ist Polen nicht verloren!" Aber niemand lachte. Alle hingen düsteren Gedanken nach, und Elke Brandauer wiederholte erneut: „Wenn ich das Schwein nochmals treffe, bringe ich ihn um!"

Berlin kam ihnen vor wie ein Märchen, obschon hier die ganze Story begann. Nun, es sollte für alle ein kurze Märchen werden, denn Berlin war für sie nur Durchgangsstation.

27

„Ich werde eine neue Praxis in Passau eröffnen und hier in Berlin alles verkaufen! Kommst du mit, Maja?" Elke hoffte immer noch, dass dieser Andreas bei Maja nur ein Stück Vergangenheit bedeutete.

„Nein, ich kehre vermutlich in die Schweiz zurück!"

„Nachdem du deinen so sehr gehassten Traummann wiedergefunden hast? Glaub doch nicht, das wird gut gehen! Zu viele Scherben liegen auf eurem früheren Weg!"

„Auch ich habe Fehler gemacht und Scherben verursacht!"

„Späte Reue! Vielleicht zu spät! Willst du nicht mit mir eine wundervolle Zukunft aufbauen?"

„Elke, was du wundervoll findest, ist mir doch zu fremd!"

„Schade, aber jede muss es selbst wissen. Nur du weißt es vermutlich doch noch nicht. Dein grosser Banker ist jetzt nur noch ein armer Schlucker und außerdem behindert. Jetzt bist du plötzlich recht für ihn", redete sich Elke in Rage.

Darauf erwiderte Maja nur: „Man sieht mit dem Herzen besser als mit den Augen, sagte mal sinngemäss jemand. Nun muss ich meinen Umzug in die Schweiz organisieren!"

Der Prozess in Danzig fand vermutlich gar nicht statt, wie vermutet.

Waren alle Teufel im Spiel? Unter den dreieinhalb Millionen Einwohnern Berlins sah Elke am selben Abend in einer Kneipe, in der sie sich den Kummer von der Seele trinken wollte, ihren Vergewaltiger. Es war ihr, als wenn jemand mit einem glühenden Eisen in ihren Eingeweiden herumbohrte. Der ganze aufgestaute Hass loderte wieder auf.

„Ich bring ihn um, und dann verschwinde ich aus dieser Stadt. Wer kümmert sich hier schon um einen erstochenen Polaken? Berlin hat ganz andere Probleme zu lösen! Da hat dann die Polen-Mafia wieder mal zugeschlagen. Sollen sich die Kerle doch untereinander abmurksen, dann haben wir etwas mehr Ruhe. So wird es dann heissen in den einschlägigen Beamtenkreisen."

Elke setzte sich die dunkle Sonnenbrille auf und zog ihre Baskenmütze tief ins Gesicht, schlenderte mit aufreizenden Schritten auf den Mann zu und murmelte mit verstellter Stimme: „Na, Süsser, bist du auf eine schnelle Nummer aus? Für dich kostet dies heute nur zwanzig Euro!"

Sie kannte die Örtlichkeiten der Kneipe noch gut von früher, als sie hier ab und zu eine Gespielin suchte, und lockte den so sehr Gehassten in eine Art Erfrischungsraum für Damen. Dort zückte sie ihr Stellmesser und zischte ihrem Opfer zu. „Kennst du mich noch, du Saukerl? Hörst du noch meine Schreie und die Bitte um Gnade? Verstehst du überhaupt Deutsch? Wohl kaum; auch nicht Englisch und Französisch! Aber die Sprache meiner Rache verstehst du!"

Dabei stiess sie ihm das Messer bis zum Heft in die Brust. Er blutete wirklich wie ein Schwein und gurgelte vermutlich polnische Laute hervor. Offenbar hatte der Stich das Herz getroffen, denn er sackte zusammen und krümmte sich vor Schmerz. Der Hass Elkes war aber dermassen gross, dass sie dem Ungeheuer noch ziemlich ungezielte weitere Stiche verpasste, und zwar in der Gegend seines Gehänges, das sie so gedemütigt hatte. Die spätere Leiche musste wohl scheusslich aussehen.

Schnell wie eine Katze raffte sie sich auf und verliess die Kneipe geräuschlos durch einen Hintereingang.

Ein Polizist der Mordkommission gebrauchte etwas später tatsächlich die Worte Elkes: „Hier hat die Polen-Mafia Gericht gehalten. Was kümmert uns das hier? Wir haben andere Probleme. Sollen sich die Kerle doch untereinander abmurksen!"

Die offizielle Lesart hiess allerdings etwas anders, war aber im Inhalt ungefähr die gleiche.
„Vermutlich handelt es sich bei diesem Mord um eine Abrechnung aus dem Milieu mit sexuellem Hintergrund, wie die eindeutigen Verletzungen im Genitalbereich andeuten. Schlepperbanden und andere zweifelhafte Organisationen lassen kaum eine klare Aufklärung zu. Auch der Personalausweis ist oft gefälscht bei solchen Individuen, jedenfalls ist in Berlin kein Einwanderer dieses Namens bekannt. Wir sind leider gezwungen, diese Akte zu schliessen."

Eine gewisse Iwona Kowalski reiste in diesen Momenten auch von Berlin zurück nach Polen, obschon sie noch ein Salär in der Praxis von Elke zugute hätte. Es war ihr zu riskant, diese paar Kröten noch abzuholen. „Ich werde gewiss hinter der Oder-Neisse-Linie wieder zu einem lukrativen Einsatz kommen", tröstete sie sich, rechnete aber nicht mit der Brutalität gewisser Organisationen in ihrer Heimat. Man sah und hörte nichts mehr von ihr.

Wenige Tage später verliess auch Dr. med. dent. Elke Brandauer Berlin und beauftragte einen bekannten Makler, ihre Wohnung und Praxis zu verkaufen. Als neue Adresse gab sie an: Passau in Bayern, die bekannte Drei-Flüsse-Stadt.

28

Maja Flückiger bezog ihre Wohnung in Rapperswil,
die sie noch nicht verkauft und für die sie auch selt-
samerweise bis heute keinen Mieter gefunden hatte.
Jetzt war sie glücklich, in die eigenen vier Wände
zurückzukehren. Sie war sehr vorsichtig, dem Zahnarzt, der George Clooney glich, nicht mehr über den
Weg zu laufen. Schon bald hörte sie voller Schadenfreude, dass der Herr Zahnarzt heiraten musste, weil
seine Geliebte schwanger wurde.

„Schwanger?", grinste nun doch Maja. „Etwa die
Dame, deren Zahnbürste und Wimperndusche sowie
Schminkdose in seinem Badezimmer herumlagen",
fragte sie eine ehemalige Kollegin, die auch gekündigt hatte und die von Majas ernüchternder Nacht
wusste.

„Ja, vermutlich schon diese! Sie muss ihn reingelegt
haben. Aber es gab schon auf der Hochzeitsreise
Krach", erzählte sie genüsslich.

„Und die Praxis, läuft das noch?"

„Ein Schatten ihrer selbst!"

„Erfreulich!"

Andreas fasste Mut und besuchte Maja eines Tages in Rapperswil. Die Gespräche wurden herzlicher und die Pläne für einen gemeinsamen Urlaub in Tunis konkreter. Er fand inzwischen auch wieder eine Anstellung bei einer lokalen Bank, die sich aber in den letzten zwei oder drei Jahren gemausert hatte und Leute einstellen musste. Ein Vergleich zu seinem früheren Job war nicht möglich. Aber die Arbeit dort brachte doch Befriedigung. Und das Geld, das es dort zu verdienen gäbe, stänke nicht! So nahm Andreas wenigstens an.

Maja machte Andreas klar, dass sie nicht mehr acht Jahre ihres Lebens vergeuden wolle. Ein weiterer Urlaub in Tunesien komme für sie nur in Frage, wenn ganz klare Zielvorgaben für die Zukunft geschaffen werden können. Andreas meinte darauf fast etwas schüchtern: „Willst du mich noch? Auch als Krüppel? Zu deinem Ehemann?"

„Unter gewissen Vorbehalten."

„Die da wären?"

„Dass ich deine einzige Frau bin und bleibe!"

„Das warst du schon immer!"

„Ich verzichte aber gerne auf Nebengeräusche!"

„Versprochen!"

29

Diesmal war Tunesien ein Erlebnis wie beim ersten Mal. „The Residence" in Tunis war wirklich ein Traum.

„Wann möchtest du heiraten?", fragte Andreas glücklich.

„Bald nach unserer Rückkehr! Wir können in meiner, Entschuldigung, in *unserer* Wohnung in Rapperswil unseren gemeinsamen Wohnsitz nehmen. Sie ist etwas klein gegenüber unseren Verhältnissen von früher, aber schön gelegen und gemütlich."

„Gegenüber früher ist bei mir alles kleiner, aber viel schöner geworden", lächelte Andreas.

„Wen laden wir zur Hochzeit ein? Unsere Eltern, Verwandten, Freunde?"

„Darf ich einen Vorschlag machen? Niemand außer unseren Eltern! Wir wollen ihnen doch beweisen, dass wir zusammengehören. Wir brauchten einfach noch ein paar Nachhilfestunden des Schicksals, das wir herausgefordert haben!"

„Eigenartig, ich bin mit allen deinen Vorschlägen einverstanden. Und früher hätten wir uns stundenlang gestritten!"

„Wir sind halt reifer geworden!"

„Auch reif für ein Kind?"

„Wenn es von mir ist, warum nicht. Dann erzählen wir ihm mal die Geschichte vom römischen Kaiser Vespasian, der seinem Sohn klar machen wollte, dass Geld nicht stinkt!
Und dabei stinkt's oft doch, bis zum Himmel! Aber unser Geld nicht mehr!

Weitere Bücher von F.U. Ricardo bei Books on Demand